文春文庫

夏の雪

新・酔いどれ小籐次（十二）

佐伯泰英

文藝春秋

目次

「新・酔いどれ小籐次」おもな登場人物

赤目《あかめ》小《こ》籐次《とうじ》　元豊後森藩江戸下屋敷の厩番。主君・久留島通嘉が城中で大名四家に嘲笑されたことを知り、藩を辞して四藩の大名行列を襲い、御鑓先を奪い取る（御鑓拝借事件）。この事件を機に、〝酔いどれ小籐次〟として江戸中の人気者となる。来島水軍流の達人にして、無類の酒好き。

赤目駿太郎　小籐次を襲った刺客・須藤平八郎の息子。須藤を斃した小籐次が養父となる。愛犬はクロスケとシロ。

赤目りょう　小籐次の妻となった歌人。旗本水野監物家の奥女中を辞し、芽柳《めやなぎ》派を主宰する。須崎村の望外川荘に暮らす。

勝五郎　新兵衛長屋に暮らす、小籐次の隣人。読売屋の下請け版木職人。

新兵衛　久慈屋の家作である新兵衛長屋の差配だったが、呆けが進んでいる。

お麻　新兵衛の娘。父に代わって長屋の差配を勤める。夫の桂三郎は錺《かざり》職人。

お夕　お麻、桂三郎夫婦の一人娘。駿太郎とは姉弟のように育つ。

五十六　芝口橋北詰めに店を構える紙問屋久慈屋の隠居。小籐次の強力な庇護者。

久慈屋昌右衛門　番頭だった浩介が、婿入りして八代目昌右衛門を襲名。

観右衛門　久慈屋の大番頭。

おやえ　久慈屋の一人娘。番頭だった浩介を婿にする。息子は正一郎。

国三　久慈屋の手代。

秀次　南町奉行所の岡っ引き。難波橋の親分。小籐次の協力を得て事件を解決する。

空蔵《そらぞう》　読売屋の書き方兼なんでも屋。通称「ほら蔵」。

うづ　弟の角吉とともに、深川蛤町裏河岸で野菜を舟で商う。小籐次の得意先で曲《わげ》物《もの》師の万作の倅、太郎吉と所帯を持った。

美造《よしぞう》　竹藪蕎麦の亭主。小籐次の得意先。

梅五郎　浅草寺御用達の畳職備前屋の隠居。息子の神太郎が親方を継いでいる。

久留島《くるしま》通嘉《みちひろ》　豊後森藩八代目藩主。

青山忠裕《ただやす》　丹波篠山藩主、譜代大名で老中。小籐次と協力関係にある。

おしん　青山忠裕配下の密偵。中田新八とともに小籐次と協力し合う。

夏の雪

新・酔いどれ小籐次（十二）

第一章　書院の舞

一

文政八年（一八二五）仲夏のある日、赤目《あかめ》小籐次《ことうじ》と駿太郎《しゅんたろう》は、老中青山下野守忠裕《しもつけのかみただやす》の案内で、江戸城表の白書院《しろしょいん》に通った。

青畳の間の三方の襖《ふすま》は四季おりおりの花鳥風月図が描かれており、天井は折上格天井《ごうてんじょう》になっていた。上段の間の床は他の間よりも五寸八分（十七・六センチ）高く、二つの脇息《きょうそく》と敷物が、さらに二つの御席の間には葵の御紋入りの刀掛けがあった。

上段の間の隣りは連歌の間が襖で仕切られてあり、小籐次と駿太郎が通った下段の間の隣りは帝鑑《ていかん》の間という造りになっていた。これらの四周には入側《いりがわ》と呼ばれる御廊下が設けられていた。

昨日早朝、望外川荘《ぼうがいせんそう》を中田新八とおしんが訪ねてきて、老中青山忠裕の言葉を伝えた。

「明日昼八つ（午後二時）赤目小籐次、駿太郎父子を伴い登城致す。その前に老中屋敷にお出で願いたし」

という命だった。

二人の言葉に、

「過日、駿太郎からそのような意を伝えられた。われら家族は上様お目見えなどという晴れがましき場に出る身分ではない。ゆえに出来ればお断わりしようと思うていたが先を越されたか」

と困惑の顔を小籐次が見せた。

「上様はすでに赤目様のご家族をご存じです。わが殿に、酔いどれ小籐次に会うことを楽しみにしておると申されたとのこと。赤目様、お覚悟なされませ」

おしんは険しい顔で言った。

「おしんどの、なんぞ注文があるのか」

「私が駿太郎様に伝えた折、わが殿は赤目小籐次父子を城中表の庭に招き、お忍びにて上様とお会いしていただくことを考えておられました。ところがこのことを聞かれた水戸中納言斉脩《なりのぶ》様が、ぜひご対面の場に同席させて頂きたいと上様に願われたとか。そのために表の白書院下段の間での面会になりましてございます」

白書院は江戸城本丸御殿において大広間に次ぐ格式の広間であった。元旦にはまず白書院で越前松平家、加賀前田家と対面した。また勅使や院使を迎える場でもあった。

「いよいよご大層なことになりおったな。お断わりするのも無理になったか」

「赤目様、無理でございます。白書院となれば、もはや公のお目見えということになります。ただ」

と新八が言葉を詰まらせた。

「ただ、どうしたな」

「御城の表に女人が立ち入るのは禁じられておりましょう」

とおりょうが言った。

「なに、おりょうは登城できぬのか」

「できません」

新八、おしんの二人に代わって応えたおりょうが、

「わが君、公方様《くぼう》がおまえ様との対面を望んでおられるのです。駿太郎のためにもぜひお出でなされませ」

おりょうが小籐次に返事を迫った。

そんなわけで小籐次と駿太郎は、翌日、継裃《つぎかみしも》姿で老中青山忠裕に案内されて白書院下段の間に通ったのだ。小籐次の腰には脇差が、駿太郎は小さ刀《ちいがたな》を差しただけの姿だ。

三方の閉じられた襖の向こうに人の気配がした。

三人は無言のままにそのときを待った。

人の気配が静まり、しばらく間があって、小姓が、

「上様のお成り」

と告げ、忠裕も父子も頭を下げた。

駿太郎は十一代将軍家斉と世子の家慶《いえよし》が入室する気配を感じながら、

「これは大変なことなのだな」

と考えていた。

家斉と家慶が着座して、その背後に小姓衆が居並んだ。

「下野、赤目父子に頭を上げよと伝えよ」

老中の青山忠裕を官名で呼んだ家斉の言葉に応じて、忠裕が小籐次と駿太郎に家斉の意を伝え、二人は頭を上げた。

小籐次と家斉はしばし視線を交わらせた。

「よう参ったな。赤目小籐次」

「はっ」

と短く小籐次が返事をした。

「駿太郎、大儀であったな」

家斉の視線が駿太郎に向けられた。

「はい」

駿太郎の顔色を見た家斉が問うた。

「城中への招き、迷惑であったか」

「この刻限、研ぎ仕事をしております。ゆえにいささか」

「迷惑であったか」

「はい」

傍らの青山忠裕が狼狽の体《てい》で駿太郎を見た。だが、父親は平然としたものだ。

しかし、襖の向こうで家斉と赤目親子の会話を聞いた人びとは思わず驚きの声を発した。将軍家斉の言葉に逆らう者など城中にはだれ一人としていない。

「赤目小籐次、駿太郎にどのような躾《しつけ》をなしたな」

家斉が小籐次に質《ただ》した。

「ただ正直に生きよと、身をもって教えただけにございます」

「正直にのう。さようか、わが招きが迷惑であったか」

「上様に申し上げます。われら親子、研ぎ仕事が本業にございますれば、駿太郎の申すとおり突然のお目見えにはいささか当惑しておりまする」

「父子して迷惑か」

家斉は笑いながらつぶやいた。

将軍の背後に控える小姓衆や襖の向こうの人びとが息を呑んで聞き入っていた。忠裕は冷や汗を掻いていた。

家斉は御三卿一橋家治済《はるさだ》の長男として安永二年（一七七三）に誕生した。だが、十代将軍家治の嫡子家基の急死によって、その運命は急変する。

家治には他に世継ぎがいないこともあって、家斉が養子となり、家治の死後、弱冠十五歳で十一代将軍に就くことになったのだ。

家治の直系ではないだけに、苦労もしていた。そして赤目父子と面会したとき、道理が分る五十三歳であった。

「駿太郎、品川界隈に巣食う強葉木谷《つばき》の精霊卑弥呼《ひみこ》を名乗る妖怪を退治してくれたそうじゃな」

家斉が話柄《わへい》を変えた。

「私が相手したのは、卑弥呼なる者の手下でございました。卑弥呼を退治したのは父でございます」

品川界隈を支配していた強葉木谷の精霊卑弥呼の所業も、赤目小籐次父子に始末された経緯《いきさつ》も、家斉は承知のようだった。

「そなたの父は、酔いどれ小籐次と世間で呼ばれ、あれこれと世直しをなしているそうな」

家斉の言葉に首を傾げた駿太郎が、

「父上、世直しをしておられますか」

と尋ねた。

「世直しをなさることができるのは、われらのおん前におわす上様だけぞ。父はなんら世直しなどしておらぬわ」

父子の話を聞いた家斉が笑い出した。

「下野、赤目小籐次は世直しなどしておらぬというぞ」

「上様、この父子、世直しなどという考えは胸中にさらさらございません、他人の頼みに致し方なく手伝うておるのでございましょう。先年も御救小屋《おすくい》に六百両もの大金を寄進しながら、日々の生計《たつき》は研ぎ仕事で稼いでおりまする」

「刀研ぎか」

「いえ、職人の使う道具の手入れや町家の包丁を研いでおりますそうな」

「刀研ぎより稼ぎになるか」

「いえ、赤目小籐次の研ぐ包丁は一本三、四十文、駿太郎のそれは十文の稼ぎと聞き及んでおります。相手によっては研ぎ代をとらぬこともままあるそうでございます」

「それでいて御救小屋に六百両もの寄進か。いぶかしいのう」

「いかにもいぶかしゅうございますな。されど、赤目父子のなかでは、帳尻が合うているのでございましょう」

青山忠裕の言葉に首を傾げた家斉が駿太郎に視線を向け直し、

「駿太郎、そなたの師は父じゃな」

「はい。研ぎ仕事も剣術もすべて父から教わりました」

「剣術は好きか」

「大好きにございます」

「駿太郎、父とそなたの稽古をこの家斉に見せてはくれぬか」

と願った。

「父の許しがあれば」

「ほう、予の命より父の許しが先か」

「はい」

「父に尋ねてみよ」

小籐次が頷くと家斉に軽く頭を下げた。こうなることは最初から予測されていたことだ。

「上様に申し上げます。それがしが亡父伊蔵から習った剣術は、来島《くるしま》水軍流と申し、戦国時代の水軍が船戦《ふないくさ》に用いる実戦剣法、それが歳月とともにわが赤目家に細々と父から子へ子から孫へと継承されてきた田舎剣術にございます。江戸城中に伝承されてきた新当流、弘《こう》流、心形刀流、三和無敵流、新陰流、小野派一刀流などの東国の正統な流儀ではございません。それでもよろしゅうございますか」

「世間ではそのほうの剣術、酔いどれ剣法とも呼ばれるそうじゃのう。予は見てみたい」

と家斉が命じた。

「上様のご所望ゆえ、父と子二人して恥を掻きましょう。来島水軍流正剣十手を披露いたします。われら父子、時に真剣にて稽古をなし、時に木刀にて打ち合うこともございます。上様の前ゆえ木刀が宜《よろ》しゅうございましょうか」

小籐次は家斉に伺った。

将軍の御下問に対して反問するのは許されてはいない。だが、家斉は小籐次と駿太郎父子との、

「会話」

を楽しんでいた。傍らの青山忠裕は冷や汗をかきどおしだが、決して家斉の機嫌は悪くないとも見ていた。

白書院広縁での武芸上覧に真剣が使われることもまずない。だが、家斉は、

「たれぞ、赤目小籐次、駿太郎父子が持参した刀をこれに持て」

と命じた。

「はっ」

と小姓の一人が応えると同時に、白書院の三方の襖が茶坊主らによって開けられた。

小籐次は見た。

下段の間に続く帝鑑の間には青山忠裕を除く老中が居並び、若年寄、寺社奉行ら幕閣要人が神妙な表情で座していた。白書院に通った当初、赤目父子には襖で遮られて見えなかったが、反対側には、御三家や加賀藩、仙台藩、薩摩藩など国持大名が控え、その背後には御詰衆《おつめしゅう》が座しているのが見えた。

「父上」

駿太郎は父子二人が座す下段の間の南側に広がる広縁を教えた。

三代将軍家光は、盤石な体制を徳川幕府が整えたのち、各大名家から武芸上手を召して、広縁にて御前試合を上覧したという。

広縁の南側は白砂の庭に面していた。また広縁は見事な角柱に支えられて天井は高く、庭と入側に囲まれているために実際よりも広く感じられ、堂々とした「武道場」にも見えた。むろん白書院の広縁は武道場ではない。

「赤目小籐次どの、駿太郎どの、御刀はこれでようござるか」

小姓が備中次直《つぐなお》と孫六兼元《まごろくかねもと》を二人に差し出した。

「いかにもさよう」

と応じた小籐次が刃渡り二尺一寸三分の次直を受け取った。駿太郎は小姓の手に残った黒蠟塗《くろろうぬり》孫六兼元を、

「私の刀にございます」

と言いながら受け取った。

下段の間に座す小籐次が白書院上段の間の家斉に、

「広縁に入ってようございますか」

と許しを乞うた。

「許す」

と応じた家斉が小姓に、

「予と家慶の座を下段に移せ」

と命じた。

広縁近くで赤目父子の来島水軍流を見ようとしての命だった。

小籐次と駿太郎は次直と兼元を右手に下げて広縁に入った。

「父上、足裏の感触が弘福寺の床とまるで違います」

駿太郎が素足の足裏をそっと広縁の床に触れて言った。

「駿太郎、そなたが稽古を致す道場は弘福寺と申すか」

　と家斉が駿太郎に質した。

「いえ、弘福寺は須崎村のお寺様です。和尚のお許しを得て本堂を稽古場に使わせてもらっております」

「なに、寺がそなたの道場か」

「お酒好きの和尚様で檀家の方も少のうございます。ゆえに私どもに本堂を道場としてお貸し下さっているのです」

「貧乏寺の本堂が天下の赤目小籐次と駿太郎の道場か」

　白書院の下段の間に移った家斉が本日の説明方の青山忠裕を見て、

「下野、そのほう赤目親子の道場が貧乏寺の本堂と承知していたか」

「いえ、存じませんでした。上様は話し上手ゆえ駿太郎からさようなことまで引き出されたのでございましょう」

「本日は江戸城白書院の広縁を自在に使え」

　と家斉が親子に許しを与えた。

　畏《かしこ》まった小籐次と駿太郎は白書院下段の間に座した家斉、家慶の前に正座して一礼した。

「来島水軍流正剣十手、序の舞よりご披露仕《つかまつ》る」

小籐次が江戸城表に響き渡る朗々とした声で宣すると、ゆっくりと立ち上がり、駿太郎も倣《なら》った。

右手に下げた刀を父子して悠然と腰に差し落とした。

「来島水軍流序の舞」

大半の流儀の基がそうであるように、伊蔵から教わった来島水軍流の序の舞は、剣術の技の基本となるべき足運びを示すものだ。

小籐次と駿太郎親子は素手のまま、広縁の床を能楽師のすり足の如く音も立てずに、
つつつ
と前へ進み、後ろに下がり、左に流れて、右に身を移した。

来島水軍流の序の舞は、揺れ動く船戦の中で身を保つ基の動きだ。いかなる激戦の中にあっても不動の上体を下半身のすり足が保持するのだ。その動きは剣術にあって剣術に非ず、見る人びとに、

「永久の時の流れ」

を感じさせる舞いを想起させた。そして、歴戦の兵《つわもの》小籐次の動きを未だ十二

歳の駿太郎が見事に倣っていた。

「駿太郎、剣の基を加える」

小籐次が小声で序の舞に剣の動きを加えることを宣告した。

小籐次の言葉とともに父子が鯉口《こいぐち》を切り、ゆったりと上段に刀をつけると、逆ハの字に斬り分けた。

父子の刀の動き、速からず遅からず、一瞬たりとも弛緩したところは感じられなかった。

続いて横一文字に刀を振るった。

次直と兼元の刃が広縁の空気を斬り分け、横一文字の二剣が上段に掲げられると一拍の間をおいて、無言の気合いとともにこんどは縦に空間を見事に斬り裂いた。

ふうっ
と見物の衆から思わずため息が洩れた。

最後に中段から再びハの字に刃が振るわれると、剣術の技の基となるべき、

「米」

が描かれた。

白書院の家斉以下、父子の刀の動きに圧倒されていた。

「続きまして来島水軍流正剣十手の二、流れ胴斬り」

脇構えから一気に振るわれた流れ胴斬りの技に入る前に駿太郎だけが、

「えいっ」

と気合いを発した。だが、小籐次は無音の気合いで技を始めた。

「下野、そのほうこの親子の剣術を見たか」

「いえ、初めてでございます」

「赤目小籐次は古強者《ふるつわもの》よ。じゃが、十二歳の駿太郎が父の剣より長い刃にて技を披露しおるわ」

家斉が感嘆の声を洩らした。

漣《さざなみ》、波頭、波返し、荒波崩し、波しぶき、波雲、波颪《なみおろし》、最後の波小舟と来島水軍流正剣十手が演じられた。

父子は剣を鞘《さや》に納めると腰から次直を抜いて正座し、家斉に向って拝礼した。

「見事なり、駿太郎」

と家斉がまず駿太郎を褒めた。

駿太郎はその言葉に対して、軽く頭を下げたのみだ。

「赤目小籐次、そのほう、来島水軍流が田舎剣法と申したな」

「いかにも申しました」

「父の伊蔵から直伝というたが、形と技はそのままか」

　家斉の問いにしばし沈思した小籐次が、

「いえ、それがしの体と力に合うた技にいささか解釈を変えました」

「おもしろい」

　と家斉がいい、

「赤目小籐次、もう一つ予の意を聞いてくれぬか」

　と言い出した。

二

　前日、おしんは主の青山忠裕の言葉を伝えた。

「わが殿の格別なる言付けにございます」

「なんだな、おしんさん」

「明日、上様は必ずやそなた様と駿太郎様に御詰衆の剣術上手との立ち合いを所望されましょう。その折、赤目様のほうからお断わりできぬかとの願いがございました」

難しい頼みだった。

家斉の命で赤目父子が御詰衆と立ち合えば、負けても勝ってもあとに差し障りが残るというのだ。このことは小籐次も、

「城中お召し」

を命じられたときから危惧していたことだ。

御詰衆の武芸上手は、家斉の警護方だ。将軍を守るべき武官が一介の浪人剣術家に負けを喫することは許されない。負け方によっては、

「御役果たせず」

ということになり、職を辞するか自裁までに発展することが考えられた。

また赤目小籐次が負けた折は差し障りがないように思える。だが、家斉がお召しになった剣術家が負けたとあっては、上様の顔に泥を塗ることになるのではないか。

小籐次が負けることなどいと容易《たやす》いことだが、それでは相手に対しても礼を欠くことになりかねない。むろん勝負は戦ってみなければ分らない。だが、この試

合、できることなれば避けたほうがよい、と小籐次も考えていた。むろん駿太郎などと言うに及ばず、そのような立場におくわけにはいかなかった。

おしんには、

「なんぞ知恵を絞るしかあるまい」

と小籐次は応えていた。そのおしんが去ったあと、小籐次は水戸藩主斉脩に宛てて一通の書状を認《したた》め、おりょうを文遣いにして水戸屋敷に向わせていた。小舟の船頭は駿太郎が務めた。

小籐次がちらりと御三家が控える帝鑑の間を見て、斉脩と視線を交わした。かすかに頷くと、

「上様、お願いがございます」

と御三家唯一の定府大名水戸家の主斉脩が家斉に視線を向けた。

「なんじゃな、権中納言」

「赤目小籐次には様々芸があると聞いております。この者が造ったほの明かり久《く》慈《じ》行灯《あんどん》の灯りはなんとも微妙な灯りにございます。この灯りの中で赤目が腕を揮《ふる》う芸があるとか。未だそれがし、この芸を見たことがございません。この場でご披露を命じられてはいかがにございましょうか」

と先手を打った。

水戸斉脩は小籐次から文を貰い、その意を理解したのだ。

「権中納言、ほの明かり久慈行灯などという格別な行灯は城中にはあるまい」

「このために用意させてございます」

「ほう、それほどの見物《みもの》なれば予も見たい」

と家斉が言い出した。

「よいな、赤目」

「承知仕りました」

と承った小籐次が、

「一つだけお願いを聞き入れていただけませぬか」

「なんじゃ、申してみよ」

「酒《ささ》を少々頂きとうございます」

「なに、白書院の広縁で酒を飲むというか」

「それがしの異名は上様すでにご存じでございましたな」

「酔いどれ小籐次じゃな。よかろう、酒を持て」

水戸の斉脩にも仕度の時が要った。そこで小籐次は酒を願って時を稼ぐことにした。だが、小籐次の思いと裏腹に、直ぐにどこからともなく四斗樽《しとだる》が運ばれてきた。そして、五升は入りそうな金杯が四斗樽に添えられていた。この四斗樽も金杯も小籐次に飲ませるつもりで用意されてあったものであろう。

広縁の真ん中に四斗樽が据えられ、小姓衆が金杯を小籐次の前に置いた。

「御小姓、武芸上手で酒好きな御詰衆、三、四人おられぬか」

「おや、酒の相手もご所望か」

「上様のお許しが要ろうな」

広縁の様子を見ていた家斉が、

「欣也、赤目の好きにさせよ」

と命じた。そこで小姓衆が三人の御詰衆を広縁に呼んだ。

「お呼び立て申してすまぬ。それがし、近ごろ滅法酒が弱くなってな、飲み残すやもしれぬ。その折は手伝って頂けませぬか」

と願った。

「なに、酒を上様の面前で飲めといわれるか」

一人が困惑した体で家斉を窺った。

「武士が他人の飲み残しなど飲めるものか」

という者もいた。すると家斉が、

「宗厳寺喜介、赤目小籐次の言葉は予の言葉と思え」

と命じ、三人の中でも偉丈夫の御詰衆が、はっ、と畏まった。

小籐次が小姓の一人に何事か囁《ささや》いた。すると小姓が広縁から下がった。

その間に酒が小籐次の前の金杯に五升たっぷりと注がれた。

「上様、御心づくしの酒、赤目小籐次頂戴《ちょうだい》致します」

と礼を述べた小籐次が金杯の酒の香りをくんくんと嗅ぎ、

「おお、さすがに御城の酒にございますな。なんとも香りがようござる。御小姓衆、ゆっくりとな、金杯をそれがしの口に寄せて下され」

と言いながら、形ばかり金杯に両手を添えた。

小籐次の鼻孔は酒の香りに満たされた。

しばし瞑目して香りを楽しんでいた小籐次が金杯に口を付けた。小姓二人がゆっくりと大杯を傾けると、酒が小籐次の口から喉へと流れ込み、

ごくりごくり

と喉が鳴った。

十一代将軍徳川家斉を始め、御三家、老中、若年寄、寺社奉行、国持大名、大

目付、さらには御詰衆が見守る中、金杯がゆっくりと、だが、確実に傾いていき、金杯の向こうに小籐次の大顔が隠れていく。

満座の前で悠然たる酒の飲みっぷりだ。だれもが小柄な年寄りの所業に言葉をなくし、ただ感服していた。

正面に座す家斉からは小籐次の顔が金杯に変わったように思えた。

「下野、これも赤目小籐次の芸か」

「酔いどれ小籐次の異名の由来でございます」

青山忠裕が満足げに答えた。

「五升の酒を飲み干したのではないか」

「のようでございますな」

と青山忠裕が答えたとき、立てられた金杯の向こうで、

はっ

と小籐次の声がして、小姓衆が空になった大杯を外した。すると小籐次の笑みを浮かべた慈顔が現れた。

「おお、飲み干しおったわ」

家斉が感嘆の声を上げた。

「な、なんということか」

宗厳寺喜介が茫然自失して小籐次を見た。

「五升近い酒を一瞬にして飲み干した」

との仲間の声に、

「しまった。つい勢いにて飲み干してしもうた」

と小籐次が三人に困惑の顔を向けた。

「そ、そなた、なにが滅法酒が弱くなったじゃ。飲み残しの酒など一滴もないではないか」

「失礼仕った。御小姓、お三方にな、酒を新たに注いで下され」

と小籐次が願った。

「ま、待った。小姓、われら、三人しても五升など飲めぬ。お断わり申そう。降参でござる」

という宗厳寺に、

「そう申されるな。江戸城の白書院で上様を始め、数多《あまた》のお歴々を前に酒を飲むなど滅多にあることではござるまい。このような貴重な機会を逃すと申されるか」

小籐次の言葉に宗厳寺らも引くに引けなくなり、

「小姓、いいか、一升ほど注いでくれぬか。酔いどれどののように五升の酒は飲めぬでな」

と小声で願った。

「宗厳寺どの、酒を飲まれたあと、わが座興に付き合ってくだされよ」

小籐次がいうところに小姓が宗厳寺らの刀を携えてきた。

「なに、酒を飲んだあとにまさか酔いどれ小籐次どのと斬り合いをしろとは言われまいな」

宗厳寺が険しい顔で質した。

「安心なされよ。それがしの座興に付き合うて頂くだけじゃ」

すると茶坊主が現れて、雨戸を閉じ始めた。

家斉以下、白書院の周りにいる面々が、

「酔いどれとやら、なにをしようとしているのじゃ」

「あの者、森藩下屋敷の厩番《うまやばん》であったそうじゃが、さすがに『御鑓拝借《おやりはいしゃく》』をしのけた人物、肝っ玉は大きゅうござるな」

「その四文字は城中では禁句でござるぞ」

「いかにもいかにも。それにしても上様の前で父子して平然と振舞っておるわ。われらには到底かなわぬことよ」

と御詰衆が小声で話しているうちに、宗厳寺らが五升入りの杯に一升数合を注いだ酒を三人でようよう飲み干した。いや、ふだんならば悠々と一人当たり五合の酒くらいは飲み干したであろう。

だが、江戸城表の白書院で将軍家斉を始め、お歴々が見守るなかでのことだ。酒の味などわかるはずもなかった。

ともあれ雨戸を閉めたために暗くなった広縁に水戸家の家臣たちが大小様々なほの明かり久慈行灯を置いていき、次々に灯りが点《とも》された。

竹、木、紙で作られた行灯の灯りが白書院をいつもと違った空間に変えた。

「下野、なにを酔いどれめは始めようというのか」

「上様、この忠裕にも分りませぬ。ただし、あそこに置かれた行灯の数々、酔いどれ小籐次が水戸様のために造ったものにございます」

「なに、権中納言のためにあの行灯を拵《こしら》えたと申すか」

「はい。聞くところによりますと、御免色里《ごめんいろざと》の吉原ではあの行灯一つを遊女らが何十両もの値で競うようにして買い求めたそうな」

「あやつ、あの面《つら》でなかなか商いを心得ておるのう」

「いかにもさよう。されど、酔いどれ小籐次が江戸の人びとに人気があるのは、さようなことで金子《きんす》を得ようとはせず、一家の費《つい》えは、研ぎ仕事で稼いでおるためでございます」

「文政の御世にかような武士がおるとはのう」

家斉が感嘆の声を上げた。

広縁では四斗樽が下げられ、赤目小籐次、駿太郎父子に宗巌寺ら三人の武芸達者が家斉に対面して並んだ。

「上様、酒を頂戴したお礼にわれら五人にて座興を披露しとうございます。お許し下さいますや」

「赤目小籐次、一々予に断わることもあるまい。最前からそのほうわが面前で好き勝手に振る舞っておるではないか」

「これはまた恐縮至極にございます」

「予を満足させてみよ」

はっ、と答えた小籐次一人が立ち上がり、

「時節は仲夏、陽射しが強うございましょうな。白書院も閉め切りましたゆえ、汗をかく暑さにございます」

という と備中次直を改めて腰に差し戻し、

「水戸様のお力添えにて、城中白書院に雪を降らせてみとうございます」

「なに、赤目小籐次、そのほう手妻《てづま》を使いおるか」

「手妻かどうか、上様とくとご覧くだされ」

と応じた小籐次が懐から紙束を取り出し、
ふわり
と広縁の高い天井に投げ上げた。

するとほの明かり久慈行灯の灯りに浮かんだ紙束が、そのままゆっくりと舞い落ちてきた。

その下に小籐次が身を置くと、静かに鯉口を切った。そして、紙束に向ってしなやかに伸びやかに次直を振るった。

すると紙束が二つに斬り分けられた。

「おお」

という静かなどよめきが起こった。

さらに次直が緩やかに振るわれるたびに二つが四つに四つが八つに、さらには

八つが十六へと斬り分けられ、小籐次が、
はっ
と十六から三十二に紙束を斬ったところで気合いを発した。
すると玄妙にも小さくなった三十二の紙束がさらに一枚一枚の紙片に分れて、広縁の高い天井に戻り、
ゆらゆら
と夏の雪が白書院に舞い散っていった。
「おお、なんということか」
家斉は茫然自失して、
「夏の雪」
を見ていた。
紙片の雪と承知していた。だが、ほの明かり久慈行灯に浮かび上がった紙の雪から、ほんものさながらに涼気が漂ってきた。
「し、下野、赤目小籐次とは何者ぞ」
「ご覧の如く酒飲みの年寄り爺と、当人は申しております」
青山忠裕が満足げに答えた。

駿太郎が広縁に立ち上がった。

「父上、私どももいっしょに遊ばせて下さいますか」

「おお、そなたらも加わりなされ」

宗厳寺らが、

「われらにもこの雪を斬り分けよと申されるか」

宗厳寺の問いに駿太郎が、はい、と応えて、自ら懐から紙束を取り出し、天井に向って投げ上げた。それは白い紙束ではなく江戸紫、紅花色、黄色、朱色と色とりどりの紙だった。

「上様、白い雪に夏の花火を加えます。とくとご覧くだされ」

と家斉に声をかけた小籐次が、

「駿太郎、斬ってみよ。力で紙束を斬ってはならぬ。虚空に舞うておるときは、剣を柔らかく使え」

と命じた。

「畏まりました」

と返答をした駿太郎が、落ちてくる紙束へと飛び上がり様、

「来島水軍流流れ胴斬り雪散らし」

と宣言し、紙束を兼元の刃がしなやかに両断した。

こうなると宗厳寺らも黙って見ているわけにはいかなかった。三人が己の刀を抜くと二つに分れた色紙の束に斬りかけた。だが、虚空にある紙束に強く刃を揮ったために、紙束が広縁の床へと落ちようとした。

小籐次がその紙束を掬《すく》い上げるように刃を揮うと、見事に斬り分けられた色紙の束が虚空に舞い戻った。

その無言の教えに宗厳寺らも紙束を斬るコツを摑《つか》んだか、舞い落ちてくる紙を下から上へとしなやかな太刀遣いで、斬り分けた。

「見事なり、宗厳寺どの」

五人が思い思いに紙片と遊び、さしもひろい広縁の天井に真白な雪と色とりどりの花火が、ほの明かり久慈行灯に照らされ、ゆっくりと床へ散り落ちて積もった。

小籐次が次直を鞘に納めると、紙片の原に座した。

駿太郎も宗厳寺らも倣った。

「上様、座興にございます。お見苦しきところはご寛容下され」

小籐次の言葉に家斉はしばし間を置いた。言葉をかけたのは、御詰衆の宗厳寺喜介に対してだ。

「どうだ、夏に雪を降らせ、花火を上げる芸は」

「上様、虚空にある紙片を斬り分けるのは至難の業にございます。さすがは天下に武名を馳せた赤目小籐次どのならではの業前です。われら、赤目どのといっしょに白書院に夏の雪を降らせ、花火を上げた剣術の妙味、末代までの誇りと致しとうございます」

「よう言うた、宗厳寺」

と応じた家斉が駿太郎に視線を向けた。

「父の技をよう学んだな。褒めてつかわす」

「有り難うございます」

と返事をする駿太郎から家斉の眼差しが小籐次に向けられた。

「赤目小籐次、よう駿太郎を育て上げたな。これからも父子いっしょに世の悪を懲らしめてくれよ」

と言った家斉が、

「欣也」

と小姓頭の名を呼んだ。

三

「あれ、今日は酔いどれ親子、どちらもなしか」

と読売屋の空蔵《そらぞう》が久慈屋《くじや》に入りながら、土間の一角に研ぎ場がないことを見た。

「おられませんな」

大番頭の観右衛門《かんえもん》が応じた。

「本日は川向こうにて商売かね。それとも仕事がないってんで、新兵衛長屋でくすぶっているのかね」

「赤目様親子はそれほど暇ではございませんでな」

「では、どちらかにお出かけかな、大番頭さんよ」

「本日はお招きに与《あず》かりましてな」

「お招きたあ、なんだえ。たれぞの祝言《しゅうげん》か」

「祝言ならばおりょう様が望外川荘で留守をなさるはずもなし」

「ふーん、野郎だけでお呼ばれね。ああ、そうか、どこぞ新規の得意先が増えたってわけだな」

空蔵が上がり框《かまち》に腰を下ろした。

「新規の得意先ね、そういえないこともございませんな。得意先と申してはいささか語弊がございますがな」

「なんだか最前からえらく持って回った言い方だな。なんだよ、大番頭さんよ、久慈屋と空蔵の間柄じゃないか。気を遣う相手じゃないだろ、いいなよ」

「読売屋さんがこのおいしい話をご存じないとはね」

観右衛門が首を傾げて、大仰に横に振った。

「知らねえな。夏枯れでね、この時節に美味しい話なんぞは起こりっこないよ、まったくコソ泥話の一つもないんだよ。どんな小さな話でもいいからさ、赤目小籐次父子がなにをしているか、話してくれないか」

「お城に呼ばれております」

「城な、御殿山は太田道灌《どうかん》様の居城だったんで、また品川に竹を切りに行ったか」

「江戸で城といえばたった一つですな」

「まあ、千代田のお城かね。奉行所に呼ばれたか」

「奉行所は城のうちではございますまい」

「町方同心はよ、不浄役人なんて蔑《さげす》まれているもんな。奉行所ではないと。するとだれから呼ばれたえ」

観右衛門が表を見る体で、

「おや、南町の近藤の旦那が見えましたか」

「ひえっ」

と叫んで立ち上がった空蔵に、

「ああ、見間違えました」

と観右衛門が言った。

「脅かしっこなしにしてくれないか。ともかく最前の話だが、酔いどれの旦那はだれに会ってんだよ」

「徳川家斉様でございます」

「だれだえ、徳川家斉様って」

と何も考えずに言い返した空蔵の顔が引き攣《つ》った。

「ま、まさか上様、く、公方様ではないよな」

「いえ、公方様のお召しです」

「夏枯れのほら蔵を元気づけようてんで、大したほら話を吹きなすったな、大番頭さんよ」

「わたしゃ、おまえさんと違い、ホラは吹きません」

観右衛門が生真面目な顔で反論し、空蔵が相手を見直した。

「ほんとのほんとか」

とこんどは昌右衛門《まさえもん》を空蔵が見た。

「真実です、空蔵さん」

しばし空蔵は口をもごもごさせていたが、

「た、たいへんだ。研ぎ屋爺風情が公方様とご対面か。おれをかついでないよな、ご両人」

間を置いた観右衛門が、真《まこと》の話です、と返事をした。

「こりゃ、大事だ」

どさり、と再び久慈屋の上がり框に腰を下ろした空蔵が、

「だれに聞けば城のご対面の様子が分るよ」

と自問した。

「さあてね、城中への案内方は老中青山忠裕様が務められるとか」

「案内方が老中だって。こりゃ、世間が逆さまに動いてないか。相手は研ぎ屋爺

親子だぜ」

「空蔵さんに言われなくともよう承知です」

「篠山《ささやま》藩の上屋敷は八辻原《やつじがはら》だったな」

「いえ、そちらではなくて老中の御用屋敷西ノ丸下から登城なされたのです」

「西ノ丸下か。あの界隈は読売屋風情がうろちょろできねえとこなんだよ。あの親子に会うにはどこにいけばいいよ、大番頭さん」

「さあてね、老中屋敷から望外川荘に直に戻られるか、あるいはうちに立ち寄っていかれるか。二つに一つでしょうな」

「西ノ丸下はダメだと。となると久慈屋にかけるか」

　と言った空蔵が、

「おれと酔いどれの旦那の仲じゃないか。なんでよ、一言前もって伝えてくれないんだよ」

「そのお召しが望外川荘にあったのは昨日のことです。前もって読売屋に知らせるなんてできるものですか」

　観右衛門の言葉にそうだよな、と得心した空蔵は上がり框から立ち上がると、土間をうろうろしながら考えていたが、

「大番頭さんは、どうしてこの話を承知なんだよ」

「うちで髷《まげ》を結い直して継裃に着替えていかれました」

「ああ、そうか。となると赤目親子はこちらに戻ってくるよな」

「で、ございましょうな」

「よし、酔いどれ様の一言さえ取れれば、あとはこの空蔵の腕次第だ」

と気合いを入れ直し、腕を撫《ぶ》した空蔵が腰にぶら下げた帳面と矢立を取り出し、
筆先を舌でなめて、

「最初の一行が肝心だぞ」

と呟《つぶや》くと、突然質した。

「おい、大番頭さん、他の読売屋にこの話伝えてないよな」

観右衛門がじいっと空蔵の顔を見て、

「少し落ち着きなされ」

と言った。

「そうだよな、おれと久慈屋は家族同然の親密な付き合いだもんな」

「見方によりますな」

観右衛門と空蔵の話はとめどもなく繰り返されていた。

いや、久慈屋でもこの話には魂消《たまげ》た。観右衛門が妙に落ち着いているのも興奮している裏返しだった。

その刻限、江戸城大手御門から老中青山忠裕の用人佐々木孝右衛門らに付き添われた赤目小籐次、駿太郎父子が姿を見せた。大手門前には登城した大名家の家臣や幕閣の家来たちが待機していた。

「赤目小籐次様、駿太郎さん」

と珍しく継裃姿の中田新八が小籐次と駿太郎を迎えた。

その声を聞いた主を待つ家来たちが、赤目小籐次の名に反応してこちらを見た。

「無事お目見えを果たされたご様子、祝着至極にございます」

「中田どの、いよいよ世間が狭くなってしもうた」

「そう申されますな。それがしなど大手御門の中に一歩たりとも入ったことはございません。どちらでお会いになりました」

「中田新八、さようなことを大手御門で話すなど無礼千万である。酔いどれ小籐次父子、おお、失礼仕ったな、赤目どのをまずわが老中屋敷にお連れ申せ」

佐々木用人に命じられた新八が西ノ丸下の老中屋敷に戻るために、辰ノ口に向った。

小籐次は家斉の御詰衆との試合を避けるために、ほの明かり久慈行灯の灯りのもとで、虚空に放り上げて落ちてくる紙束を舞うような動きで斬り刻み、夏の雪の光景を現出したあとに色紙を加えて、華やかにも大川の花火の模様を駿太郎や家斉の御詰衆の宗厳寺ら三人とともに、広縁一杯に広がるよう演出してみせた。

白書院下段の間からこの光景を見物された家斉は、大満足の様子で小籐次には時服《じふく》を、駿太郎には、

「そなたはまだまだ大きくなろう。孫六兼元は刀身の長さは二尺二寸ほどか」

「上様、二尺二寸一分にございます」

うむ、と頷いた家斉が、

「備前一文字派則宗、刃渡りは二尺六寸余と聞いておる。成人した折、この太刀を使いこなせるように父に指導を乞え」

と黒漆塗《くろうるし》打刀拵えを駿太郎に授けた。

駿太郎の手にはその則宗が誇らしげに持たれていた。

西ノ丸下の老中屋敷では、家臣一同がいつもと違った緊張の中で佐々木用人らを出迎えた。迎えの中にはおしんの姿もあった。

「おしんさんだ」

駿太郎が会釈を送った。

「駿太郎さん、上様へのお目どおり無事に果たせたようですね」

「はい」

と答えた駿太郎の次なる言葉を篠山藩の家臣が待ち受けているのが分った。

「おしんさん、父上はいつもどおり上様のおん前で酒《ささ》を所望されて五升ほど飲み、私といっしょに来島水軍流の正剣十手を演じられました」

「おやおや、上様のおん前で五升の酒を飲まれましたか。上様のご機嫌はいかがでしたか」

おしんの問いは篠山藩老中屋敷の皆が聞きたいことだった。

「私には上様が大層喜ばれておられたように見えました。父には時服を、私にはこの備前一文字派の業物を使いこなすようになれと命じられ、お与えになりました」

老中に先行して赤目父子といっしょに帰邸した佐々木用人の、

「それがしもな、白書院の隅からご対面の様子を窺ったが、上様は上機嫌であらせられたな」

との言葉に一同がほっと安堵した。

家斉の命で赤目父子は城中に呼ばれ、老中青山忠裕が父子の案内方を務めたのだ。万が一、赤目父子が家斉の不興を買うようなことがあれば、当然案内方の主に影響してくる。そのことを篠山藩の家臣たちは案じたのだ。だが、新八やおしんを除いて、赤目父子の人柄を直に知る者はいなかった。まして駿太郎の実父が篠山藩の馬廻方《うままわりかた》とは、想像もつかない話であった。

このことを青山忠裕は承知していた。

「殿もそろそろ下城なされましょう。それまでしばし老中屋敷でお待ち下され」

と佐々木用人が言い、赤目父子を奥の間に案内した。

その青山忠裕が下城したのは、いつもより遅い七つ（午後四時）過ぎのことだった。すぐに赤目父子と会った。その場に篠山藩の重臣方と庭先には中田新八とおしんもいた。

「赤目小籐次、駿太郎、ご苦労であったな」

城中で緊張した顔とは違い、にこやかに言葉をかけた。

「ご老中のお心遣い、われら父子、生涯忘れは致しませぬ」

「上様はな、そなたらが退出したあともあれこれと酔いどれ小籐次の生き方やら暮らし様をお尋ねになってな、それがしが退出するのを幾たびも引き留められたほどであったわ」

「上様は、年寄り浪人の暮らしにご関心を抱かれましたか」

老中屋敷の留守をして登城しなかった篠山藩江戸家老の岡田内匠《たくみ》秀直が尋ねた。

「岡田、それもあろう。だがな、上様は『御鑓拝借』を始め、赤目小籐次、そなたの勲《いさお》しはすべて承知であった。むろん、この一件、白書院で持ち出せる話ではない、差し障りが生じるでな。だが、その経緯はすべてご存じでな、それがしに話を確かめようとなされた。いやはや、助かったのはその場に水戸様と伊達《だて》様がおられたことだ。お二方は赤目と面識があるゆえ、それがしの知らぬ赤目小籐次の勲しの数々を披露なされた。そのせいでますます赤目父子に関心を持たれたのだ。なによりあれほどにこやかな上様をそれがしは知らぬ。それもこれも赤目小籐次の飾らぬ人柄ゆえかのう」

青山忠裕がなんども首肯《しゅこう》して見せた。

「よき一日でございましたな」

岡田内匠が応じたが、江戸家老の岡田はなぜ藩主の忠裕がかくも赤目小籐次と親しく交わりをしているのか、詳しく承知していなかった。だが、庭先に忠裕付きの密偵二人が控えているのを見て、なんとなくその関わりかと察せられた。

「おお、大事なことを忘れておったわ」

と忠裕が言い、

「駿太郎、上様から拝領した備前一文字則宗じゃがな、父と二人して茎《なかご》を見よとのお言葉があった。望外川荘に戻ったのち、改めてみよ」

と言い足し、

「いま一つ、鷹狩りの折、望外川荘に赤目の嫁女を見に立ち寄ると、申されたぞ。赤目、返事はいかに」

「むろん、いつなりともお知らせ頂ければお待ちしております。上様にお伝え下さい」

「承知した。本日の白書院の席にな、そなたらが承知の方が居られた。気付いたか」

小籐次は首を横に振り、

「いえ、どなた様で」

「父上、祖父上《じじうえ》です」

と駿太郎が答えた。

「なに、わしは舅《しゅうと》北村舜藍《しゅんらん》様の前で馬鹿げた芸を披露したのか、向後顔を合わせるわけには参らぬな」

と小籐次が困惑した。

「そなた、上様の前では平然と五升酒を飲み干し、あのような雪の舞と華やかな花火を演じおったではないか。それが御歌学者の舅には合わせる顔がないか」

「なにしろおりょうの父でござればな」

小籐次のしゅんとした姿に忠裕らが笑い出した。

西ノ丸下の馬場先門前に久慈屋の舟が待っていた。老中屋敷から二人を送ってきたのは新八とおしんだけだ。

「赤目様、ご苦労でございましたな」

と新八が言い、おしんが、

「殿から伝言がございます」

「なんじゃな。これ以上あれこれ言われても年寄りは覚えきれぬぞ」

「いえ、赤目様がうんぬんする話ではございません。本日の城中での話」

「他言致すなというのであろう。それくらいは心得ておるぞ、おしんさん」

「いえ、そうではございません。赤目様の知り合いの読売屋に話されても構わないと申されました」

「どういう意か」

と小籐次が首を捻《ひね》った。

「このご時世でございます。あまり愉快な話ばかりではございません。過日の強葉木谷の精霊卑弥呼の所業を始め、暗い話ばかりでございます。そこで殿は、このたびの一件、世間に読売を通じて知らしめよ、との考えにございます」

「なに、老中青山忠裕様は、最初からその企みをお持ちであったか」

「赤目様、そう捻って考えなされますな。赤目様が上様と江戸城で会い、楽しい一刻を過ごしたとなれば、それはそれで明るい話ではございませんか。読売で知ったたれもが喜びましょう」

うーむ、と小籐次が唸《うな》った。

「いけませぬか」

「上様がお怒りになられぬか」

「このたびの話、上様もお喜びなされます。わが殿の手腕を信じて下され」

とおしんが言った。

篠山藩主青山下野守忠裕、老中職を三十年余の長きにわたり勤め上げる人物である。ただ者ではない。

「白書院であれだけの御詰衆まで見物した赤目小籐次、駿太郎父子の芸でございます。読売が書かずともその方々の口から話は世間に広まりましょう。その前に赤目様の昵懇《じっこん》の読売屋の空蔵さんにお知らせなされば、欣喜雀躍《きんきじゃくやく》いたしましょう」

とおしんが言い切った。

小籐次は一瞬、本日のお召し、おしんが企てた話ではないかと疑った。

「空蔵さんは、久慈屋にて酔いどれ様のお帰りをお待ちですよ」

おしんの最後の言葉に小籐次はただ黙り込むしかなかった。

四

小籐次と駿太郎は、この日一日付き合ってくれた久慈屋の喜多造の漕ぐ舟で江戸の内海から大川へと入っていこうとしていた。

久慈屋に戻ると、おしんの言葉どおりに読売屋の空蔵が待ち受けていた。

「おお、戻ってきやがったな」

ともみ手をしながら空蔵が、

「城中で上様にご拝謁だってな。真にめでたい仕儀ではございませんか。天下一の武芸者赤目小籐次にまた一枚箔が加わったぜ」

と仰々しい言葉で迎えたが、小籐次は、
じろり
と空蔵を一瞥《いちべつ》しただけだった。

「なんだよ。これ以上めでたいことがあるか。どうやら駿太郎さんが手にしている刀は上様からの拝領の品じゃないのか」

空蔵は小籐次の一瞥に懲りることなく駿太郎の手の刀を見た。

こんな空気を察した観右衛門が、

「赤目様、御城中の模様はいかがにございましたな」

と空蔵に代わって質した。

小籐次が空蔵から観右衛門に視線を移して、

「上様とお世継ぎの家慶様は、白書院の下段の間から広縁にて演じるわれら親子の来島水軍流の正剣十手の序の舞、流れ胴斬り、漣、波頭、波返し、荒波崩し、波しぶき、波雲、波颪、そして最後に波小舟をご覧になりましたな」

　としぶしぶ答えた。

「で、上様のご様子はいかがでございましたな」

「老中青山下野守様が上様の傍らに控えて説明方を相務めてくださいましたので な、頷いておられた様子と見受けられました。まあ、こちらの勝手な推量じゃが な」

「頷いていた様子だって、たったそれだけか」

と空蔵が話に割り込んできた。

「他になにがある」

「ちくしょう、えらく機嫌が悪いじゃないか」

と言った空蔵が駿太郎の手に下げた刀に話柄を戻して、

「駿太郎さんよ、その刀は、上様から親父の酔いどれの旦那が頂戴したものだ な」

と念押しした。

久慈屋の店では昌右衛門以下奉公人が赤目父子の話に聞きいっていた。

久慈屋の店先で研ぎ場を設《しつら》えて研ぎ仕事をなす親子が、城中に呼ばれて上様の前で得意の来島水軍流を披露したというのだ。かような晴れの日は、赤目小籐次とて生涯に一度あるかなしかの出来事だった。

「赤目様、どうでございましょうな。読売屋の空蔵さんも長いこと、城中での首尾を案じられて赤目様と駿太郎さんの帰りを待っていたのでございますよ。奥にてしばし隠居の五十六《いそろく》に話を聞かせていただくわけには参りませんか。きっと舅も喜びましょう」

昌右衛門に言われた小籐次は、

「読売屋の空蔵は別にして、ご隠居どのに挨拶は当然のことでござる」

と応じて奥に父子で通ることにした。

店に残った空蔵のがっかりした様子に観右衛門が、

「ほれ、空蔵さん、そっと奥へ行きなされ。廊下の端で話をお聞きになればようございましょう」

と勧めた。

「いいのか。えらく酔いどれ様の機嫌が悪いじゃないか。刀を抜いておれに斬りかからないかね」

「空蔵さん、おまえさんは長いこと酔いどれ小籐次様と付き合っていながら、赤目様のことが分っておられませんね」

と昌右衛門が言った。

「若旦那、いや、違ったな。久慈屋の旦那、おれが酔いどれ様のことが分っていないって」

「はい。あのような機嫌の悪い様子の赤目様は、内心のお気持ちを隠しておられるときですよ。うちの隠居が酒を仕度して待っておりましょう。一口祝酒を口にされれば、きっと隠居相手に城中の出来事を詳しく話されます」

と昌右衛門にいわれて、

「久慈屋の旦那様、ありがたき思し召しにございます。ならばそっと奥へ通らせていただきます」

と空蔵が敬称付きで感謝して、赤目父子のあとを追って奥に向った。

久慈屋の奥で半刻（一時間）ばかり隠居の五十六と時を過ごした父子がふたたび店に出てきたときには、空蔵の姿はなかった。

いまごろは、

「江戸城白書院酔いどれ小籐次親子、上様ご対面の場」

の読売の筋書きを考えながら、店に走り戻っているころだろうと昌右衛門も観右衛門も考えていた。

だが、空蔵が走り込んだのは、店ではなく新兵衛長屋の版木職人勝五郎のところだった。そのほうが少しでも時間が省けて、版木の刷り上がりが早いと計算した結果だ。

「勝五郎さんや、おられるか」

空蔵が新兵衛長屋に駆け込んだとき、勝五郎は憮然とした顔で、新兵衛が研ぎ仕事の真似を終え、お夕に手を引かれて、娘のお麻や婿の桂三郎が待つ家に戻るのを見ているところだった。

今日も一日仕事なし、新兵衛の無益にして一文にもならない研ぎ仕事を見て過ごしたところだった。

「おや、新兵衛さん、本日の仕事は終わったか」

空蔵が新兵衛長屋のどぶ板の上で、元の差配に声をかけた。

「そのほう、何者か。武士に向って気安く声をかけおって。赤目小籐次、抜く手は見せぬぞ。そのほうの首、斬り飛ばしてみせようか」

と腰の木刀に手をかけた。空蔵は、

「おっと、すまなかった。新兵衛さんの赤目小籐次様よ、おれが粗忽《そこつ》にも言い間違えた。許してくんな」

　と長屋の軒下に避《よ》けた。

「ごめんなさいね、空蔵さん」

　とお夕に詫びられた空蔵が、

「なんてことはないよ。お夕ちゃん、あしたはぶっ魂消る読売を売り出すからな」

　というと、

「勝五郎さん、夜明かし仕事だぜ。おれがおまえさんのそばで書くからよ、そいつをどんどん彫り上げな」

　と命じた。

「おっと合点承知の助といいたいが、うちは夕餉《ゆうげ》の仕度でどうにもならねえや。その上、日中の暑さも残っているし竈《かまど》の火もあって暑い。どうだ、酔いどれの旦那は留守だ。酔いどれの旦那の部屋を借り受けて、仕事場を設けねえか」

「おお、それはいいね」

　と二人で話がなり、小籐次の部屋の片付いた板の間に行灯と蚊遣りを点し、仕事の用意をした。

「ところで空蔵さんよ、お夕ちゃんにあしたはぶっ魂消る読売を売り出すといったが、どこぞで殺しか、それとも川向こうで火事でもあったか」

勝五郎が版木や鑿《のみ》を揃えながら空蔵に尋ねた。

「おや、新兵衛長屋はこの話、知らないとみえるな」

「鼻をうごめかしているところを見ると酔いどれネタか」

「そのとおりの酔いどれネタだ」

「酔いどれ小籐次はだれを斬りやがった」

「斬った張ったの、殺伐《さつばつ》とした話は、夏の暑い時分によくねえや。勝五郎さんよ、酔いどれ親子が城中に呼ばれ、上様にお目どおりしたって話だ」

「えっ、そんな話は聞いてないぞ。この勝五郎と酔いどれの旦那の仲だ、一言くらいおれにあってもいいじゃねえか。上様にお目どおりなんて嘘っぱちだな」

勝五郎が空蔵に言った。

「いや、真の話だ。おれも最前久慈屋で聞かされて、腰を抜かすほどびっくり仰天したところだ。望外川荘にお城からこの話が持ち込まれたのは昨日のこと、そして、お目どおりは本日の昼下がりだ。白書院で酔いどれ親子が来島水軍流を披露したり、はたまた懐紙や色紙を虚空に投げあげて、城中に時ならぬ紙の雪を降らせて涼を呼んだりとよ、上様は大喜びなされたそうな。酔いどれの旦那には時服を、駿太郎さんには、成人した折に使えと、備前一文字派の則宗って名刀を賜ったとよ」

「ほうほう、真の話らしいな。で、酔いどれの旦那と駿太郎さんはどうしたえ」

「さすがに気疲れしたかね、それともおりょう様に城での話をしたいのか、久慈屋の喜多造さんの舟でいまごろ、大川を上っているな」

と空蔵がいい、

「よし、仕事にかかるぞ」

と自ら気合いをかけた。

そのとき、喜多造の漕ぐ舟は新大橋を潜《くぐ》って両国橋に向っていた。

「赤目様、本日はお酒を召し上がりませんか」

と喜多造が訊いた。久慈屋では隠居の五十六が酒を用意して待っていたが小籐次は、

「上様の前で五升ばかり酒を頂戴致しましたでな、こちらでは遠慮しておきましょう」

と断わり、話に終始した。

そこで久慈屋では、帰りに飲むように角樽《つのだる》と大ぶりの猪口《ちょこ》を用意してくれて舟に積み込んでいた。だが、小籐次は角樽の酒を猪口に注ごうともせず、夕方の陽射しを大川の川風が和らげてくれる舟上で物思いに耽《ふけ》るように黙り込んでいた。

そんな小籐次を見て喜多造が声をかけたのだ。すると駿太郎が、

「喜多造さん、父上は上様の前で五升の酒を飲まれました。きっとその酒がまだ残っているのだと思います」

と喜多造の知らぬことに触れた。

「なんですって、城中でそれも上様の前で五升を飲まれた。そんなご仁は幕府開《かい》闢《びゃく》以来、酔いどれ様くらいではございませんか」

喜多造もさすがに驚き、呆れた様子だった。

「いささか考えがあってな、わしのほうから上様に酒の注文をした。まあ、嫌いではないでな、煮売酒屋で飲もうと城中白書院の広縁で飲もうと酒に変わりはない。御詰衆の酒好きが手伝ってくれたで、なんとか様にはなったかのう」

と小籐次が答えて首を傾げた。

「そりゃ、いくら天下の赤目様でも気疲れでございましたな。今宵は湯に入られ

て、おりょう様の酌で一、二杯祝酒を召し上がって早々に床に就かれることです。明日からまた研ぎ仕事が待っておりましょうでな」

「それだ、最前から考えていたことは」

「二、三日望外川荘で疲れをとられますか」

「いや、そんな呑気なことを言ってはおられぬ、ここのところまともに仕事をしておらぬ。久慈屋さんと京屋喜平さんの道具が仕上げを待っておるでな。ところが明日久慈屋に研ぎ場を構えてみよ」

分りましたよ、喜多造が櫓《ろ》を漕ぎながら答えた。

「空蔵さんの読売が芝口橋で売り出されるってわけですね」

「そういうことだ。親子研ぎ屋が出ておると、読売を買った人びとが久慈屋の前で拝んだり、賽銭を上げたりしてもかなわぬ。騒ぎを避けて、深川蛤町《はまぐりちょう》裏河岸で仕事をしようかと思う。どうだ、駿太郎」

しばし考えていた駿太郎が、

「父上が言われるように粗研ぎをした道具がかなり溜まっております。明朝、父上を蛤町裏河岸に送っていき、私だけが小舟で久慈屋さんを訪ねて仕上げの要る道具を持って行きます」

「おお、そうしてもらおうか。久慈屋さんに迷惑をかけてもならぬでな」

小籐次が駿太郎の提案を受け入れた。だが、喜多造が、

「赤目様、お二人がいようといまいと芝口橋は大騒ぎになることに変わりなしでございますよ」

と請け合った。

「となると騒ぎが静まるのを待つしかないか」

と小籐次は呟いた。

望外川荘の船着場に喜多造の舟が着けられる気配に、クロスケとシロが林の向こうから飛び出してきた。

犬たちも朝からいつもと違う緊張の様子を感じていたらしく、小籐次と駿太郎が戻ってきて大興奮の体だ。

「これクロスケ、騒ぐでない。上様から父上が頂戴した品が汚れてもならぬ」

駿太郎が注意して二頭の犬たちがようやく静まった。

「喜多造さんや、長い一日に付き合わせて申し訳なかった」

「とんでもねえや。こんな日は滅多にあるもんじゃございませんよ」

と言い残した喜多造が舳先《へさき》を返して、湧水池から隅田川へと舟を向けた。

西空に夕焼けが広がっていたが、芝口橋に戻るころは宵闇であろうな、と小籐次は喜多造に胸の中で感謝した。

「お帰りなされ」

おりょうが望外川荘の縁側から、上様からの拝領の品と久慈屋からの祝い酒の角樽を持った二人を出迎えた。

「湯が沸いております。まずは継裃をお脱ぎになって、駿太郎と二人湯に入りなされ」

「まったくこの着慣れぬ継裃を早く脱ぎ捨てたいな」

父子は継裃を脱ぐと湯殿に向った。久慈屋を辞するとき、小籐次親子は普段着に着替えることなく喜多造の漕ぐ舟に乗り込んだのだ。さすがの小籐次にとっても気を遣う一日であった。

湯舟に菖蒲が浮かんでいた。本来ならば五月五日の節句に立てられるものだが、その日は強葉木谷の精霊卑弥呼の騒ぎに巻き込まれて望外川荘では父子が不在で、菖蒲湯が立てられなかった。

おりょうはそのことを気にかけて、城中に呼ばれた祝いの湯として菖蒲湯を立てようだった。

「駿太郎、疲れたであろう」

「いえ、私はさほど。父上は疲れましたか」

「まあな、上様を始め、ああお歴々のいる前で座興を演じるなど、この齢になってなすべきことではないわ。上様のお呼び出しでなければ、お断わりするところじゃがな」

と応えながら、

（赤目小籐次、老いたり）

と胸の中で思った。

脱衣場に人の気配がして、

「ご苦労様にございました」

とおりょうが改めて二人を労《ねぎら》った。

「お城に足を踏み入れた感想はいかがでございますか」

「白書院にて上様にお目にかかった」

「お酒を頂戴なされましたか」

「酔いどれの虚名が知れ渡り、相変わらずの外道《げどう》飲み、恥ずかしきかぎりよ」

「なんのなんの、大勢の見物の方々が、『さすがに天下無双の酔いどれ小籐次、上様の前で平然とした飲みっぷり、あれは一場の芸じゃ』と感嘆なされたそうな」

「おりょう、まさか、そなた、あの場におったのではあるまいな」

「女人は江戸城表など立ち入れましょうか」

とおりょうが答え、駿太郎が、

「母上、あの場に祖父上がおられました。望外川荘に祖父上が参られましたか」

「いえ、父は訪ねてきませんでしたが、使いに文を託して広縁の二人の様子をこと細かに認めて教えてくれました」

「なんじゃ、おりょうはすでにわしの座興をすべて承知か」

「おまえ様、父のもとに、なんと水戸家の殿様と仙台藩伊達の殿様がお見えになって、祝いの言葉を仰《おつしや》られたとか。一介の御歌学者に御三家や伊達の殿様が挨拶なされたと、父は非常に感激しておりました。早書きのせいもございましょうが、父の字が喜びと興奮に躍っておりました」

「そうか、舜藍様がお喜びになられたか。ならば、年寄り爺が上様の前にしゃしゃり出た甲斐があったかのう」

小籐次は、ようやく安堵《あんど》の気持ちになった。

「おまえ様、お願いがございます」

「なんじゃな」

「しばらくこの騒ぎで二人して仕事にはなりますまい」

「とくに久慈屋では研ぎ場はできぬと駿太郎と話し合ってきたところだ」

「ならば、明日は仕事を休まれて駿太郎の父御《ちちご》須藤平八郎様の墓参りに清心寺に参りませぬか」

「おお、それはよい考えじゃな」

「父上、母上はそのあとに祖父上と祖母上《ばばうえ》の屋敷に立ち寄りたいのではございませんか」

「駿太郎はよう母の気持ちがお分りですね」

「よかろう。明日は仕事も他人様《ひとさま》のことも考えずに一家でのんびりしようではないか」

という小籐次の一言で、舟で話し合ってきた明日の予定が急きょ変えられた。

「おまえ様、湯から上がられたら夏烏賊《いか》が待っておりますよ」

「おお、烏賊か。こうしてはおられぬな」

と小籐次は湯船に立ち上がった。

望外川荘は静かな夏の宵に包まれて、ゆるゆると時が流れていこうとしていた。

第二章　墓参り

一

翌朝、まだ陽射しが強くならないうちに小籐次とおりょうを乗せた小舟を駿太郎が漕いで、望外川荘の船着場から水路をとおり、隅田川に出た。

流れの上には涼気があった。

駿太郎は力を入れる様子もなく小舟を流れに乗せた。すでに駿太郎は小舟の扱いを熟知していた。小舟にいつも載せている研ぎの道具は片付けられ、小籐次とおりょうの夫婦が並んで座れるようになっていた。

「おまえ様、よう眠っておられました」

流れに乗ったときおりょうが小籐次に言った。

「大鼾《おおいびき》をかいておったか」

「いえ、心地よさそうに眠っておられました」

「そうか、やはり城中で上様にご対面するのは気を遣うものじゃな。あるいは赤目小籐次、老いたりか」

小籐次の言葉におりょうが微笑み、

「天下無双の酔いどれ小籐次でも気遣いをしておられたのでしょう。上様に拝謁しただけではございません、御三家、老中、若年寄、加賀様、薩摩様、伊達様などお歴々が見守るなかでの拝謁です。気を遣って当然なことです。老いだけではございますまい」

おりょうが小籐次を慰め、

「駿太郎はどうでした」

「城中のことですか。父上のなさることを真似しただけです。楽しゅうございました」

「昨晩はよく眠られたか」

「はい、朝までぐっすりと」

小籐次と駿太郎は、七つ半（午前五時）に目覚めると望外川荘の庭で刀を使い、来島水軍流の正剣十手の形稽古を丁寧にした。四半刻（三十分）と短い稽古だが充実した時を過ごした。そのあとのことだ。

「父上、上様に頂戴した則宗を使ってようございますか」

駿太郎が小籐次に許しを乞うた。

「まずは拝見してみようか」

黒漆塗打刀拵えの一剣は、孫六兼元や次直より三寸五分は長いと思われた。刃渡り二尺六寸余の大業物を使いこなすのはただ今の駿太郎では無理だ。

上様も駿太郎が成人した折に使えと言い添えたのだ。

源頼朝によって樹立された鎌倉幕府は、執権北条泰時・時頼らによって武家政権の確立をみた。質実剛健が「武家政治」の基であった。

武士の象徴の刀は拵えより刀身の鍛錬に重きが置かれた。この鎌倉幕府の治世下、太刀そのものの「質」を追求してきたことが、

「備前一文字派」

の名を高めることになった。

駿太郎が上様より頂戴した則宗も備前一文字と伝えられた。

縁側に座した父子は、拵えをとくと見た。黒漆の地味な拵えで柄《つか》は鮫皮と赤味

がかった茶色の柄糸、同色の下げ緒で装われていた。

両手に翳《かざ》して一礼し、則宗を抜いた。

「うーむ」

と小籐次が唸った。

一目見て優美にして剛健な業物と分った。

中反りが高く、地鉄《じがね》は板目に杢目《もくめ》交り、刃文は丸い丁子《ちょうじ》に連なる小丁子、山形互《ぐ》の目が交っていた。

小籐次にはそれ以上、則宗に説明がつかなかったが、刀工の力量が存分に感じられる一剣であった。

小籐次は目釘を外して茎を見た。

「なんと」

と小籐次が驚きの声を洩らした。

「父上、どうなされました」

目釘穴は三つ、いちばん端の目釘穴のそばに、

「則宗」

の二文字が刻まれ、刃区《はまち》の近くの表と裏に菊と葵が刻み込まれていた。

小籐次は無言の裡《うち》に駿太郎に茎を見せた。

「どういうことでございましょう」

十二歳の駿太郎にも菊の御紋章が朝廷を意味し、葵が徳川家のそれと理解がついた。その二つの御紋章が則宗の茎に刻まれていた。

小籐次はこの茎の御紋章は則宗の変転の歴史を物語っていると想像し、家斉はどのような意で駿太郎に下げ渡したかと考えた。

小籐次は拵えを戻し、

「駿太郎、使ってみよ」

と渡した。

駿太郎は無言のまま腰に差すと、刃渡り二尺六寸余の刀をゆっくりと抜いた。何度か繰り返し、鞘から抜き、鞘に納めた。

「父上、駿太郎には無理でございます」

「そなたは須藤平八郎どのの血筋じゃ、三、四年のうちに実父を超える背丈になろう。その折に使いこなせるように時折手に馴染ませておけ」

と小籐次が駿太郎に命じた。

櫓を漕ぐ駿太郎の腰には小さ刀があり、足元にはすでに手に馴染んだ孫六兼元がおかれてあった。

いつしか小舟は大川河口から江戸の内海に差し掛かっていた。

駿太郎は慎重に岸辺沿いに新堀川河口の芝金杉町を目指した。この界隈に十寺ほどの小さな寺が集まり、その一寺が池上本門寺末寺清心寺だった。そこに駿太郎の実父須藤平八郎が眠る墓所があった。

「酒好きの和尚が起きておるとよいがのう」

山門を潜る小籐次が呟いた。

すると殊勝にも和尚の高村宋瑛《そうえい》が菅笠をかぶって草取りをしていた。その宋瑛の眼差しが駿太郎の下げた角樽に向けられた。

昨日、久慈屋から帰りの舟で飲むように頂戴したものだが、小籐次は舟中では口にしなかった。ゆえに酒好きの和尚にと持参したのだ。

宋瑛が角樽から視線を外し、

「墓参りか」

と尋ねた。

「久しく無沙汰をしておった」

「そなたもあれこれと忙しい様子じゃな。五十路《いそじ》を過ぎた者がなす生き方ではないわ」

と宋瑛が嘆いた。

「申されるとおり本業の研ぎ仕事にも差し障りが出ておる」

「いつであったか、そなたが佃島《つくだじま》沖で酒に酔って舟から落ちたという話を聞かされた。酔いどれのなれの果てかと同好の士としてはいささか羨《うらや》ましく感じたが、なにやら生き返ったようじゃな」

「あれこれとあってな、死んだ真似をしておった」

「うちに酔いどれ様の弔《とむら》いがくると酒には困らんと思うて喜んだが、つまらんことに蘇りおった」

と本気でぼやいた宋瑛が、

「墓掃除まで手が回らん。一家して掃除をしておれ、着換えてくるでな」

庫裡《くり》に向う和尚に駿太郎が角樽を渡した。

にっこりと笑った宋瑛が、

「おお、ちょうどよかった。この数日、酒を購《あがな》う金にも困ってな、五臓六腑が酒恋しいと泣いておったわ。庫裡で一杯頂戴してこよう」

と嬉しそうに両手で抱えて三人の前から姿を消した。

小さな墓所に行くと実父須藤平八郎の墓石にのうぜんかずらが垂れて、花を咲かせていた。

山型の自然石に「縁」と駿太郎が一字刻んで、実父の墓石として設えたものだった。この墓には実母の小出お英の形見の匂袋と櫛《くし》も収められていた。

夏の陽射しが差し込んで、のうぜんかずらが鮮やかだったが、墓石の周りは草がぼうぼうと生えていた。

三人は、菅笠や破れ笠をかぶって陽射しを避け、草とりをして自然石に水をかけて清めた。

袈裟《けさ》を着た高村宋瑛が最前より元気な足取りで墓所に姿を見せた。

手には数珠と火縄を携えていた。

おりょうが線香を持参していたのを宋瑛和尚は見ていたのだろう。

駿太郎が火縄を借りて線香に火をつけ、墓石に手向けた。

清められた墓石に刻まれた一字を見た宋瑛が、

「妙な縁もあるもんじゃ」

と呟き、いきなり読経を始めた。

三人は和尚の後ろに立って合掌し、駿太郎は胸の中で、

「南無妙法蓮華経」

と唱えていた。

読経は短かった。そのことを気にしたか、宋瑛が、

「お経は長ければよいというものではないからのう」

と小籐次に言い訳した。

「角樽ではあの程度か」

「見抜かれたか」

と小籐次の言葉に応じた宋瑛が、

「酔いどれ様の弔いは長い読経をしてやろう」

「わしより御坊が先に逝くやもしれぬぞ」

「大いにありうるな。この世に未練を残さぬように最前の角樽で一杯やらぬか」

宋瑛が小籐次を酒に誘った。

「そそられる話ではあるが、次の約定《やくじょう》が待ち受けていてのう」

「約定など捨ておけ。どうせ、そなたがただ働きさせられる話であろうが」

「かもしれぬな」

「だれとの約定じゃ」

「徳川家斉様というて信じるか」

「ほう、酔いどれめが大きく出たな。公方様と約定か」

「まあ、そうじゃ」

小籐次は昨日の話を今日のことにして告げた。むろん宋瑛は全く信じている風はない。

「公方様に愚僧がよろしくいうていたと伝えてくれぬか」

「おお、そうしよう」

と小籐次は応じた。

「和尚様、香典にございます」

おりょうから奉書に包まれた金子を受け取った宋瑛は、

「なに、角樽が読経料ではないのか」

と破顔した。

新堀川に止めた小舟に戻った小籐次は、

「駿太郎、築地川には入らず鉄砲洲に出てな、八丁堀から京橋下を経て御堀に抜けよう。芝口橋下を通るとなると、昨日の今日じゃ、どんな面倒が待ち受けておるとも分らぬ。いささか遠回りじゃが、そうしようではないか。父も櫓を手伝うでな」

と駿太郎に命じた。

「空蔵さんが張り切っておいでてでしたから、きっと今ごろ芝口橋で読売が売られておりますよ」

「そのためにわが実家に参るのに遠回りなされますか」

駿太郎とおりょうが小籐次の言葉に応じた。

「おりょう、陽射しが強いゆえ菅笠をかぶってしっかりと紐を結んでおくのだ」

小籐次が注意して自らも破れ笠の紐を締め直し、小舟の艫《とも》に父子で並んで新堀川から江戸の内海に乗り出した。

芝口橋を避けて二つ西側の幸橋に出た小舟が、溜池に入って日吉山王大権現下の船着場に着くと、駿太郎がおりょうの手を引いて夏草の茂った土手を上がった。

「駿太郎の齢のころ、この土手で蛍袋の花を摘んで遊びました。ほれ、あの夾竹《きょうちく》桃《とう》が赤い花を咲かす下あたりに蛍袋が生えておりました」

駿太郎に手を引かれたおりょうが小籐次に手で差して教えた。

「ほう、この土手に蛍袋が花を咲かせておるか。愛らしい花よのう」

小籐次は夾竹桃の赤い花が夏の光に鮮やかに照らし出される土手を見た。

「おりょうが水野様の御屋敷に奉公に出る前の話じゃな」

「そう、おまえ様が私と初めて会う四、五年ほど前のことですよ」

「母上はおてんばにございましたか」

「駿太郎、水野様の屋敷に出る前のりょうは、男の子のようにおおーてんばでした」

とおりょうが昔を思い出したように笑った。

御歌学者の屋敷の門前に小籐次一家が辿りつくと、なかから賑やかな笑い声がしてきた。

「おや、わが家としたことがこの賑いはなんでございましょう」

とおりょうが首を捻った。

駿太郎が、

「祖母上」

と玄関先で声をかけるとお紅《こう》が飛んで出てきた。

「母上、どうなされました。その慌てようは」

「ただ今、歌学方《かがく》のお仲間が何人もお集まりになり、昨日の城中のことを話題になされておられます。ささっ、駿太郎、お上がりなされ」

とお紅が答えた。

「おまえ様、どこに参ろうと昨日の出来事から逃れることはできませんよ」

おりょうが小籐次に釘を刺した。

「おりょう、玄関にてご挨拶申し上げて失礼するわけには参らぬか」

小籐次は困惑の体でおりょうだけに聞こえる小声で囁いた。

「父上、もはや無理でございます」

駿太郎がさっさと声のするほうに歩いていった。お紅が駿太郎のあとに従って座敷へと戻った。

「というわけでございます。覚悟なされませ」

おりょうに言われて小籐次は腹を決めた。事を行うのはよいが、そのことを他人から聞かされるのはなんとも恥ずかしい、と小籐次は思った。

「おお、おりょう様、どうなされた。そなたの亭主どのは」

集った仲間の一人が尋ね、おりょうが、

「わが亭主どの、意外に恥ずかしがり屋にございまして、りょうの後ろに隠れておいでです」

「なにを申されるか。上様の前で来島水軍流をご披露なされ、その上で平然と五升の酒を飲み干したそうな。いや、われら、歌学方ゆえ昨日の場に呼ばれなかったのがいかにも残念にござる。されど舅の舜藍様は、幸運にも天下無双の赤目小籐次様と駿太郎父子の勇姿をご覧になったそうな、われら、話を聞くだけでその光景が目に浮かびますぞ」

　ようやく皆の前に顔を出した小籐次に、

「もはや赤目小籐次様の名は江都《こうと》どころか諸国津々浦々に知れ渡りますぞ」

　と別の歌学方が言った。

「舅どのがあの場におられようとは、それがし、気付きませんでした。ですが、駿太郎は知っておったそうな。いやはや、天下に大恥をさらしたようなものでござる」

「とんでもない。婿どの、一介の御歌学者が水戸様や伊達の殿様から祝いの言葉を頂戴し、鼻高々の気分にござった。それもこれも事情を承知の老中青山様がこの北村舜藍をあの場にお招きくださったゆえに、あのような光栄を授かりました」

と応じて、小籐次は舜藍があの場に招かれていた経緯を得心した。舜藍は駿太郎に、

「ようも白書院の上様を始め、お歴々の前で、来島水軍流を見事に演じられましたな、駿太郎」

未だ北村舜藍は昨日の興奮の余韻を高ぶった言葉に残していた。

「祖父上、私は父上の教えどおりに動いただけでございます」

「よき父を持ったな」

「はい。よき母上もおられます。駿太郎は幸せ者です」

「おお、よう言った。北村の家は文の家系じゃが、そなたは武と忠の家系赤目の血筋じゃのう」

「いえ、血筋は赤目とも北村とも違います。こちらに来る前にわが実の父須藤平八郎と小出お英の墓参りをしてきました」

と今朝からの行動を駿太郎が説明した。

「氏《うじ》より育ちといいますがな、駿太郎が武人として生きることは昨日、上様の前で流儀を披露された瞬間から決まりました。赤目小籐次どのを超える武士《もののふ》に育っ

て下されよ」

という北村舜藍の瞼《まぶた》が潤んでいた。

二

小籐次一家が須崎村の望外川荘に戻ったのは夕暮れのことだった。

帰りも久慈屋を避けて日本橋川に出て大川を遡った。久慈屋に立ち寄れば、昨日の城中での上様対面の読売が売り出されていて、なんらかの騒ぎに巻き込まれると思ったからだ。

いつものようにクロスケとシロが家族の戻ってきたことを察して、船着場で尻尾を振りながら出迎えてくれた。

「クロスケ、シロ、ちゃんと留守番ができたか」

駿太郎が声をかけるといつもより興奮の体で、
ワンワン
と吠えて答えた。

「大変です」

とこんどはお梅が望外川荘の林から飛び出してきた。

「これ、お梅、何事です」

おりょうがお梅の慌てぶりを注意した。

「は、はい」

と答えたお梅の息が弾んでいた。

「どうしたのだ、お梅」

と小籐次が質し、

「どなたかお見えになったのかな」

とさらに問いかけてみた。

「いえ、お酒です」

「酒がどうした」

「届いております」

「久慈屋からかな」

「それもございます」

「というと他のお方からも酒の届けものがあったか」

「は、はい」

「わしは世間で酔いどれ小籐次などと虚名で呼ばれておるからのう。とは申せ、なぜ酒がこの時節届いたのであろうか」

小籐次が小舟から船着場におりょうの手を引いて上がりながら首を傾げた。

「おまえ様、空蔵さんの読売が売り出されたせいではございませんか。上様の前で五升の酒を飲み干されたことが読売に載ったのでしょう。それで上様への拝謁を祝《さき》うて、角樽が届いたのではございませんか」

「おお、そういうことかのう」

二人の会話をお梅は黙って聞いていたが、

「ともかくご覧下さい」

と二人に願った。

二頭の犬に先導されるように、小籐次らが竹林を抜けて望外川荘の泉水に突き出た茶室不酔庵《ふすいあん》の傍らから庭に出た。

うっ

と小籐次が望外川荘の縁側に眼を凝らした。

「なんということでございましょう」

「父上、あれだけのお酒を飲み切れますか」

小籐次の驚きにおりょうと駿太郎の二人が応じた。

縁側一杯に四斗樽が積み上げられていた。

「お梅、どなたからじゃ」

「大名家のお殿様や大身旗本のお殿様の名のすべてなど覚えきれません。ともかく旦那様方がお出かけになられたあとに次々に樽酒が届いて、最後には久慈屋さんの店に届いた四斗樽を喜多造さんや国三さん方がこちらに運び込まれました。その四斗樽だけでも十いくつもございました」

お梅の興奮がようやく小籐次たちに理解できた。

「お梅、いったい四斗樽がいくつあるのじゃ」

「三十は超えておりましょう。その他に角樽が数えきれないほどございます」

「四斗樽で三十いくつじゃと。すると百二十斗ということは十二石の酒が望外川荘にあるということか。いくらなんでもおりょう、飲み切れんぞ」

「旦那様、部屋じゅうに酒の香りが漂って寝ることもできません」

さすがの小籐次も茫然自失した。

庭の真ん中で四人は言葉もなく酒樽をただ見詰めていた。

クロスケだけが上気して走り回っていた。クロスケは妙な犬で酒の匂いがするところには必ずいた。いつであったか、小籐次が酒を指先につけて舐めさせると喜んで舐め、満足げな顔をした。以来、時折晩酌の折、指につけた酒を舐めさせた。それに比べてシロは、酒には関心を示さなかった。

「いくらクロスケでもこれだけの酒は舐めきれまい。どうしたものかのう、おりょう」

「当分、私どもは酒の香りと寝食をともにすることになりましょうか」

おりょうも自問するように呟く以外に、言葉もないようだった。

「お梅、これらの酒樽がどなたから届いたか、分るようになっておるか」

「久慈屋の国三さんが四斗樽、角樽に付けられた贈り主の名を書き留めて残していかれました。国三さんが申されるには明日も届けにくることになりそうだとのことです」

「おりょう、礼状を書くだけでも大変なことじゃぞ」

という小籐次の言葉に、

「おまえ様、あの酒を飲まれるお積もりですか」

「わしの齢を考えてもみよ。一石の酒を飲み干すのも一月や二月はかかろうぞ。なんぞ思案がいるな」

と小籐次らは望外川荘を塞ぐ酒樽のもとへ歩み寄った。

翌日、小籐次と駿太郎は深川蛤町裏河岸に小舟を着けた。

「だいぶご無沙汰だよな、赤目様」

と角吉《かどきち》が二人を迎えた。

「いささか野暮用で忙しくてな、本業を疎《おろそ》かにしておった」

うづの弟の角吉が野菜舟を出す傍らに父子は研ぎ場を設けた。

角吉は読売など読まないと見えて、小籐次と駿太郎が城中に呼ばれて上様に拝謁したことなど一切知らないようであった。

「駿太郎、留守番をしておれ。わしがこの界隈を一回りしてこよう。ここのところ無沙汰をしておるで、あちこちで小言を頂戴しような」

と言い残した小籐次は竹とんぼを差した破れ笠をかぶって、狭い橋板を伝って河岸道への段々を上がった。まずは遠いところからと、黒江町八幡橋際の曲物師《わげものし》の万作の仕事場と住まいを兼ねた家に向った。

今日もまた夏の光が白く光って破れ笠の間から小籐次の顔を射た。

「おお、来たか」

と万作が迎えた。

「暑いのう」

「暑いな、舟は蛤町裏河岸においてきたか」

「駿太郎を連れてきたでな、番をさせておる」

昨日、望外川荘に戻る前までは、駿太郎が久慈屋を訪ねて研ぎのいる道具を小籐次の許へ運んでくる予定であったのだが、あの四斗樽を見た小籐次は、親子ともどもしばらくは芝口橋界隈には近付かない方がよいと判断したのだ。

「ならば、太郎吉、手入れのいる道具を古布に包んで赤目様に渡せ」

と万作がいうところに小籐次が訪ねてきたのを知ってか、うづが茶を持って姿を見せた。

「赤目様、陽射しが強いわ。水っ気をとってないと大変よ」

「気遣いすまぬな」

と応じながら小籐次は上がり框に腰を下ろした。

「変わりはないか、うづさん」

「うちはございません。角吉はもう来ていましたか」

「おお、われらより先に舟をつけておったが、客の姿はなかったな。この暑さゆえすでに最初の客たちは買い物を済ませたのかもしれんな」

「この時節青物が少ないんです。お客さんもそのことを承知だから集まりが悪いの」

と長年小舟の野菜売りを経験してきたうづが答えた。

「品揃えが少ないのでは致し方ないな」

と応じた小籐次は茶を喫した。

汗を掻いた体に熱い茶が美味《うま》かった。

「ああ、そうだ。おさとさんの義理のお父つぁんの俊吉さんを赤目様は承知ですか」

とうづが聞いた。

おさとは、駿太郎が赤子のおり、駿太郎の乳の面倒を見てもらった海福寺裏の職人長屋の住人だ。亭主の勘太郎は大工だったはずだが、勘太郎の父親までは知らない。

「おさとさんの義父どのになんぞあったか」

「花火職人だったんだけど、花火を造っていたときに火薬が爆発して大怪我をして、何年か前に仕事を辞めたの」

「それは知らなんだ」

「玉屋とか鍵屋なんて大処《おおどころ》の花火屋じゃないけど、俊吉さんは名人と言われた花火職人だったって。それが弟子の不注意で火薬が爆発して職を辞めることになったの。一時、俊吉さんは酒を飲んで荒れた時期があったのよ。でもね、親父さんの職を勘太郎さんの弟の華吉さんが継いだのよ」

「おお、それはよかったな」

「ところが華吉さんは二十を過ぎて花火職人になったでしょ、未だ一人前じゃないのよ」

「職人となれば一人前になるのには十年かかろう。まして親父が名人といわれた人ならば、そのあとを継ぐのは並大抵ではあるまい」

　小籐次の言葉に頷いたうづが、

「二日前、おさとさんに会ったの。そしたらね、俊吉さんが心臓《しんのぞう》の病で長くはないと医師に言われたんだって」

「弱り目に祟《たた》り目じゃな、おさとさん、気苦労じゃな」

「俊吉さんの望みは華吉さんの造った花火を見て死にたいってことなんだって。ところがまだ半人前の職人でしょ。未だ売れるような花火は造らせてもらえない。

おさとさんは出来ることならば、お義父《と》つぁんに華吉さんの造った花火が両国橋の上に上がるのを見せてあの世に旅立たせたいというのよ」

隅田川の川開きの花火は五月二十八日の宵に両国橋付近の両岸から上げられるのが恒例だ。

この隅田川の花火は、寛永五年（一六二八）に始まったと天台宗の僧侶が記した『慈性日記』にあり、両国橋より上流の浅草付近で上げたという。これは両国橋が架けられた三十年も前のことだ。だが、隅田川の花火が、

「江戸の華」

といわれるようになったのは、享保十七年（一七三二）の大飢饉で犠牲になった人びとの慰霊と悪病退散を祈って、翌年の五月二十八日に八代将軍徳川吉宗が水神祭を両国橋近辺で催したことがきっかけとなった。

「赤目様、この花火、打ち上げるのにいくらかかるか知っている」

と平井村の出のうづが小籐次に聞いた。

「知らぬな。だれがあの花火代を出すのであろうか」

「赤目様よ、ありゃな、分限者《ぶげんしゃ》や大店の主たちがな、その年に亡くなった親兄弟の霊を慰めるために花火屋に一両を出して上げさせるとよ。鍵屋玉屋をはじめ、

花火屋はこのときとばかり競争するんだ。半人前の花火職人の花火に一両を出す客はいないやな」

　万作が言った。

「おさとさんには駿太郎が世話になった。その義父どのの夢を叶えさせてあげたいものじゃな」

　文政の御世、隅田川の花火は慰霊よりも涼を求めての遊興と化していた。

「華吉さんが造った花火を一両だして買う人はいないか」

「あるまいな」

　と万作が即答し、

「こんな五七五を酔いどれ様は知っているか。『一両が花火間もなき光哉』。だれが詠んだか知らないが、一瞬の間、夏の夜空に咲く花火に魅せられて一両を払うんだ。この粋に応えるには花火の出来がよくなきゃならないんだよ」

　と言った。

「いかにもさようじゃな。なんとも難しいな。まあ、俊吉さんには精々長生きしてもらって華吉さんが一人前の花火職人になるのを待つんだな」

　と小籐次が答えた。

「もう一つ花火に関して噂が流れているぜ。このところ在所では飢饉なんぞで逃《ちょう》散《さん》して江戸に潜り込んでくる者も多いな。江戸だって決して景気はよくねえや。こんなご時世、なかなか花火に金を使う人がいないんじゃねえか、今年の花火は景気が悪いんじゃないかと両国界隈の食い物屋とか船宿が案じているとよ」

小籐次は、お城に呼ばれて家斉様の前で五升酒を飲み、御詰衆との対決を避けるためとはいえ、刀を振り回して夏の雪の舞なんぞを演じてきたとはとてもいえなくなった。

うづから話をとった万作の話は止まらなかった。

「またよ、花火なんぞを派手に打ち上げているとよ、異国の船が江戸の内海に入り込んでくるんじゃないかと心配する人がいるそうだ。そんなわけでよ、今年の両国橋はしけた花火に終わるな」

「とても半人前の職人が造った花火に買い手はつかぬか」

と念押しする小籐次の言葉を、

「つかぬな」

と万作がはっきりと肯定し、話を締め括った。

うづはなにか小籐次に訴えたかったようだが、小籐次の仕事の邪魔をしてもいけないと思ったか、それ以上口を開かなかった。

「うづさんや、茶を馳走になった。角吉になにか伝えることはないか」

「昼餉にお出でなさいと伝えてください。むろん赤目様も駿太郎さんもよ」

「われら、ここのところ仕事をしておらぬでな、まずはこちらの道具を片付けたい。昼餉には戻ってこられまい」

と言い残した小籐次は、万作の仕事場をあとにした。

蛤町裏河岸では、駿太郎がせっせと仕事をしていた。だが、野菜舟には角吉の姿はなかった。その代わり、竹藪《たけやぶ》蕎麦の主の美造《よしぞう》が駿太郎の研ぎ仕事を見ていた。

「親方、駿太郎の研ぎを見ておるがどうだな」

「おお、酔いどれの旦那か、えらく遅かったな」

「万作親方のところでつい話し込んでな」

「そりゃ、酔いどれ様の姿がとんと見えないからね。来たときにしっかりと話し込んでいるんじゃねえか」

「いや、おさとさんの義父どのが花火職人だったと聞かされておったのだ」

「おお、あの話か。この夏が危ないと聞いたぜ」

「なに、病はそれほど切迫しておるのか」

「ああ、病人の願いは華吉が一人前になってよ、一両の夏の花を咲かせることだが、親父の命が先に散るな」

とここでも同じ話を聞かされそうになった。

「親方、これでどうでしょう」

駿太郎が蕎麦きり包丁を美造に見せた。

「なに、親方の道具の研ぎをなしていたか」

「父上、親方のたっての頼みです。ダメならば父上が研ぎ直してください」

と駿太郎が言った。

美造は、刃を指の腹で触っていたが、

「いや、酔いどれ様の手を借りるまでもない。駿太郎さん、腕を上げたな」

と満足げに言った。

「よし、駿太郎ばかりに任せておくわけにもいくまい。わしも少しは働かんとな」

小籐次は小舟の舳先と艫側に二つ設けられた研ぎ場の一つに座すと、万作親方の道具の手入れを始めた。

「昼餉はうちに蕎麦を食いにきねえ」

という美造に小籐次が、

「今日は昼餉ぬきじゃ」

というと駿太郎が、えっ、という顔をしたがもはや小籐次は研ぎ仕事にかかっていた。

「いいか、駿太郎さんよ、うちの道具の研ぎが終わったら店に持ってきねえ。蕎麦を馳走するからな」

と言い残して美造が竹藪蕎麦に戻っていった。

昼の刻限まで父と子は競い合うように砥石に向って刃物を研ぎ上げていった。

ふと気付くと角吉が野菜舟に戻っていた。

「おお、角吉か。うづさんが昼めしを食しにこいというておったぞ」

「酔いどれ様、気付かなかったか」

「なんのことだな」

「おれとさ、駿太郎さんは竹藪蕎麦で昼めしを馳走になったんだよ」

「なに、駿太郎も馳走になったか」

「父上をお誘いしましたが、『手入れの途中じゃ』と断わられました。それで角吉さんを代わりに誘いました。これから竹藪蕎麦にいかれますか」

「そうか、わしに声をかけたか」

小籐次は研ぎ仕事をしていると夢中になるなと思いながら、

「本日は昼餉ぬきじゃ」

と砥石に向き合おうとしたとき、河岸道から美造親方が読売のようなものをひらひらさせながら、小籐次らのほうへと橋板を駆けてきた。

「よ、酔いどれ様よ、おめえさんたち、お城に呼ばれたんだってな。公方様にお目どおりしたんだってな。こんなところで研ぎ仕事をしている場合か」

と持っていた読売を突き出して喚《わめ》いた。

三

美造の声が蛤町裏河岸に響きわたり、

「なんだって、酔いどれの旦那が城に呼ばれてお叱りをうけたって。ふむふむ、さもありなん。ここのところいささか調子に乗って浮かれておったからな。出る杭は打たれるの譬《たと》えか」

と隠居風の年寄りが応じ、

「質屋のご隠居、酔いどれの旦那が公方様にお城でお目どおりというのは、やっぱりご注意を受けたのかね」

と角吉の野菜を買いにきたおさんが言った。

「ばかやろう、お叱りじゃないよ。お褒めの言葉を駿太郎さんといっしょに受けたんだってよ」

と美造が喚き返し、この界隈の住人がぞろぞろと橋板を渡って小籐次と角吉の小舟のほうへと集まってきた。

「駿太郎さんよ、竹藪蕎麦の親方の話はほんとか」

角吉が問い質した。

駿太郎が小籐次を見た。

「おい、親子で水くさくないか。公方様に会ったってのは真の話かよ」

美造が読売を振り回して質した。

「読売に載っておるのか」

「客がよ、おれに読売をくれてそう言ったんだからよ、おれがこうして尋ねているんじゃないか」

「美造親方、読売にそう書いてあるんだろ、ならば真の話じゃないかね」

とおさんが応じた。

「おさんさんよ、おれに恥を搔かせる気か。おれが読売をすらすら読めるならばなにも尋ねやしないやな。近ごろは老眼も加わってな、読み物はダメなんだよ。質屋のご隠居、こいつを読んでくれないか」

美造の喚き声に最初に応じた質屋の隠居に願った。

「竹藪蕎麦の親方さんよ、なにが老眼だ。そなた、寺子屋の師匠にまいどまいど叱られていたな。以来、文字は苦手と違ったか」

「隠居、昔のことを持ち出すねえ」

美造は何人が読み返したともしれない読売を質屋の隠居の手に押付けた。懐から眼鏡を取り出した隠居が、

「なになに、公方様、西ノ丸様のお二人が酔いどれ小籐次父子とご対面、とあるな。どうやら将軍家斉様に酔いどれ様が会ったのはたしかのようだな、叱られてはおらぬか」

読売からいったん視線を外した隠居が小籐次親子を見た。

小舟に座った小籐次は、万作親方から預かってきた道具の手入れに戻っていた。

一方、駿太郎は橋板にどんどんと集まってくる蛤町裏河岸の住人たちを言葉もな

く眺めていた。

「隠居、先を読みねえな」

美造が急かせ、よし、と質屋の隠居が気合いを入れた。

「公方様は、『御鑓拝借』さわぎで武名を高めた須崎村の赤目小籐次、駿太郎の父子を江戸城白書院にお召しになり、日ごろより諸々悪人ばらを懲らしめて江戸町奉行所に引き渡すなど、善行を積みしことに感心なされ、父子に対し、お褒めの言葉をつかわされた、か。ということはやっぱりお叱りではないな、お褒めの言葉を頂戴したのだ。だれだ、お叱りなどと無責任なことを言うたのは」

「お叱りを受けたかと最初に言いはじめたのは質屋のご隠居、おまえさんじゃないかね」

「おお、わしであったか。それは心にもないことをいうて、酔いどれの旦那、相すまぬことであった」

隠居が詫びたが小籐次は、素知らぬ顔で研ぎ仕事に没頭していた。

「でさ、城に呼ばれたんだ、なにかご褒美を頂戴したのかね」

「美造さん、待ちなされ。ええとどこまで読んだか忘れたではないか。ああここだ。その場において赤目小籐次の所望に応じられた公方様は、酒をつかわされ、一方、赤目小籐次は酔いどれの異名どおりに公方様、西ノ丸様、老中、若年寄、御三家、加賀様、薩摩様をはじめ大大名、御詰衆が大勢見守るなか、白書院にて酒を所望したり、か。ほうほう、さすがにわれらが赤目小籐次じゃのう、見事なりあっぱれなり」

と質屋の隠居が己の感想まで加えていった。

「で、それだけかえ、酒がご褒美か」

「まあ、しばし待て、蕎麦屋の親方。酔いどれ小籐次父子は、来島水軍流の正剣十手の形を披露し、そいつが見事だったというので、酔いどれ様は調子に乗って、上様の前で所望した五升入りの金杯の酒を一息に飲み干したとよ。これには上様ばかりか、満座のお歴々がびっくり仰天したらしいや」

隠居は読むのが面倒になったか、空蔵の読売をあちらこちら掻《か》い摘《つま》んでまとめた。

「剣術の形に、五升の酒ね。いつもやっていることじゃないか、なにか新しい芸はないのか」

と美造がぼやいた。

すると先を読んでいた隠居が、

「はっははは」

　と笑い出し、

「酔いどれ小籐次が城の白書院に呼ばれてこれだけで終わるものか」

　と言った。

「なに、また五升酒を飲んでみせたか」

「違うな。なんと上様の御詰衆の中で酒が強くて剣術自慢の三人を白書院の広縁に呼び出し、懐に用意してきた懐紙の束を広縁の天井向けて投げ上げ、落ちてくるところを愛刀の次直を抜いて、懐紙を二つにし、二つを四つ、さらに八つと斬り分け、御詰衆三人と駿太郎さんも加わり、夏に降る雪か、隅田川の花火の如くに変えてみせ、上様を始め、満座のお歴々を大いに喜ばせたそうじゃぞ」

「ほうほう、この暑さの中で夏の雪と両国橋の花火を演じてみせたか。まあ、これくらいは、おれたちの酔いどれ小籐次ならやりかねんな」

「蕎麦屋の親方、城中での出来事だ。読売屋が大仰に書き立てたかもしれんでな」

　と言った質屋の隠居が、

「どうだ、話はだいぶ大げさになっておろうな」

と小籐次に尋ねた。

だが、小籐次は研ぎに没頭して顔すら上げなかった。駿太郎もこの界隈のおかみさんから頼まれた包丁を研いでいたが、この騒ぎに困惑していた。

「駿太郎さんよ、読売の話はほんとうのことか」

と角吉が駿太郎に小声で尋ねた。

「およそそんなところです」

「やっぱり、な」

「はい」

と美造が応じて、

「で、上様からご褒美を頂戴したのか」

「なにをもらったんだ」

「父上は時服を、私は備前一文字派の則宗の刀を頂戴し、『体が大きくなったおりに使え』と上様は申されました」

「時服に刀か、銭はくれなかったのか」

と美造が二人の会話に口出しし、

「親方、それはございません」

と駿太郎が答えた。

「その代わり昨日から須崎村にも久慈屋さんにも城中で私どもを見物された大名諸侯が四斗樽を贈ってこられ、望外川荘は酒の香りに包まれて母上も私も眠ることができません。望外川荘には三十樽以上のお酒が並んでおります」

「な、なにっ、四斗樽で酒が三十いくつも贈られてきたって。いくら酔いどれ小籐次だって三十樽の酒は飲み切れまい。大名方が贈ってきた酒だ、下り酒をはじめ、上酒ばかりだろう。一石はいまいくらするよ。質屋の隠居」

「上酒一石か、百九十匁《もんめ》かな。小判に直しておよそ三両じゃな。三十樽は十二石か」

「おお、そうなると三十何両か。おれならばさ、店用に一樽残してあとは、銭に換えるな」

と美造が言ったとき、質屋の隠居が、

「おお、この読売、最後にいいことが書いてあるぞ」

「なんだい、隠居」

「酔いどれ小籐次様が白書院の広縁でなぜ派手な芸を演じて見せたか、その推量が認めてある」

「なんぞ曰《いわ》くがあるのか」

「読売屋によれば、酔いどれ小籐次様が五升酒を飲んでみせたのも、辻芸さながらの夏の雪や両国橋の花火を模してみせたのも、上様の御詰衆との打ち合いを避けてのことだとあるな」

「どうしてよ、酔いどれ様は武芸達者だ、やればいいじゃないか」

「親方、御詰衆の役目はなんだな」

「そりゃ、侍だからな、上様の警護だな」

「であろう。その者たちに上様が赤目小籐次との試合を命じてみよ」

「そりゃ、天下無双の赤目小籐次が勝とうな」

「と、なったら御詰衆の面目は丸つぶれだ、事によっては上様の警護役務まらじと切腹する御詰衆も現れるかもしれない。それを避けるために酔いどれ様は、酒を飲んでみせたり、派手な芸を見せたりして、御詰衆の面目を守ったと書いてあるな。わしもこの考えに賛成じゃな」

と質屋の隠居が言ったとき、小籐次が、

「よし、万作親方の道具を研ぎ終えた」

と呟き、橋板いっぱいに乗った人の群れを見て、

「どうした。この暑さに水浴でも致すつもりか」

と尋ねた。

小籐次と駿太郎は、蛤町裏河岸から万作親方の店の前の八幡橋下に小舟を移して、研ぎ上がった道具を届けた。こちらでは未だ読売の一件は知らないらしく、万作と太郎吉親子が黙々と仕事をしていた。

「おお、道具が研ぎ上がったかえ。一服していきねえな」

と万作親方が小籐次に言った。

「その前に一色町の魚源に伺ってこようと思う」

小籐次は小舟に駿太郎を残して、一色町へと破れ笠で陽射しを避けながら向った。

昼下がりの刻限だ。

魚屋は暑さもあって店仕舞いの気配だった。女の客が夕餉の鰯《いわし》を買っていた。

「親方、手入れの要がある道具がござるか」

小籐次の声に顔を上げた永次が、

「おい、客に聞いたが酔いどれ様と駿太郎さんがお城に呼ばれて公方様にお目にかかったというのは真の話か」

と問うた。

「親方、真の話ではあるがな、ただ今蛤町裏河岸から万作親方のところに逃げてきたところだ。竹藪蕎麦の親方が読売を持ち出してきたものだから、あの界隈は大騒ぎで仕事にならぬ」

「仕事なんてこの際よくないか。公方様からお呼び出しがかかるなんて、まず町人にはないことだぜ。騒ぎが嫌いならば、須崎村にじいっとしていねえな」

「それがな」

と小籐次は四斗樽が何十樽も届けられた話をした。

「なんとも景気がいい話じゃないか。世間じゃ、この夏の花火が開かれるかどうかと案じているそうだぜ。そんな折に赤目様と駿太郎さんがさ、公方様にお褒めの言葉を頂戴するなんて、わっしら、知り合いは鼻が高いぜ」

「親方にそう言われると、いささかこそばゆい」

「いつまで万作親方のところで仕事をしていなさるね」

「そうじゃな、七つ半（午後五時）までは八幡橋下で研ぎをしておる」

「ならばさ、いい鯛が残っていらあ。造りにしてな、うちの若い衆に届けさせる。

この陽射しに鯛を持ち歩くのはよくねえからね」

永次が研ぎの要る刃物を布に包んで小籐次に渡した。

「若い衆がきたときに研ぎが終わった道具は渡す。研ぎ残したものは須崎村に持ち帰り、明日には届ける。それでよいかな」

「結構結構、酔いどれ様が白書院とやらで、刀を振り回して舞い躍るのを見たかったな」

永次は最後までこの話題にこだわった。

この日の昼下がりからは、夏の陽射しを避けて橋下の日蔭で川風に吹かれながら、父子は七つ半の刻限まで仕事をした。

「父上、こちらに騒ぎが伝わってきたということは、もはや芝口橋界隈では騒ぎは収まったのではございませんか」

と駿太郎が小籐次に尋ねた。

「そうじゃな。明日には昼過ぎにあちらの様子を眺めにいってみようか」

小籐次にとって研ぎの本拠地は久慈屋の店先だった。

陽が西に傾いた頃合い、

「赤目様、親方が持っていけってさ」

と魚源の職人道助が風呂敷包を届けてくれた。

「おお、鯛の造りか。夕餉が楽しみじゃ。親方にくれぐれも有り難うと伝えてくれぬか」

駿太郎が研ぎ上がった道具を丁寧に布に包んで渡した。

「おお、そうだ。鯛は焼き物にするように切り身にもしてあるぜ」

「いよいよ夕餉が待ち遠しいな」

と道助に答えた小籐次と駿太郎は、万作親方のもとへ仕事仕舞いの挨拶に行った。

「おい、酔いどれ様、水くさいじゃないか。なんでうちだけに、てえへんな知らせを伝えないんだよ」

万作が小籐次に小言を言った。

「なに、こちらにも城の騒ぎが伝わったか。その話からわれら親子逃げ回っているのじゃがな、どうにもならぬわ」

「ふーん、家に戻れば四斗樽が何十も積まれているなんて、豪勢な話じゃないか。今年は両国の花火だってやるとかやらないとか。やったとしてもつましい花火だとよ。酔いどれ様よ、なんとかしてくれないか」

という言葉が小籐次の耳に残った。

小籐次と駿太郎が須崎村の望外川荘の船着場に小舟をつけたとき、クロスケ、シロの他に喜多造や国三、それに喜多造の配下の若い衆二人が待っていた。

「おや、なんぞござったか」

「本日も四斗樽を七つ運んで参りました」

と国三が言った。

「なに」

騒ぎは鎮まったと小籐次は思っていたが、どうやら事態は未だ続いているらしい。

「赤目様、この分ですと四斗樽が五十樽になりましょうな」

「うう一ん」

と小籐次が呻《うめ》いた。

「どうにもこうにもならぬな」

「赤目様、いっそ酒屋に商い替えしてはいかがでございましょうな」

「酒屋に商い替えか。わしは酒を売るより飲むほうが性に合っておる。とはいえ、

「四斗樽五十は飲み切れぬな」

なんぞ考えぬといかぬな、と小籐次は思った。

喜多造と国三らを見送ったあと、小籐次は憂鬱な気分で望外川荘に足を向けた。生涯で初めての気分だった。酒が売るほど家にあって、かように鬱々とした気持ちになったことがだ。

「父上、どうなされますか」

駿太郎が小籐次に尋ねた。

しばし沈黙したまま歩く小籐次に、

「ああ酒樽が屋敷を占めておりますと、母上も私も眠ることも夕餉を摂る気分にもなれません」

「分っておる」

と答えた小籐次に一つの考えがあった。

深川の三河蔦屋《みかわつたや》に十三代目の染左衛門を訪ねて、大量の酒をどうしたらよいか相談してみようと考えたのだ。

「駿太郎、明日まで我慢せよ」

「四斗樽をどこぞに移しますか。とはいえ、父上と私では担ぐのさえ無理です。

荷運びに慣れた喜多造さん方さえ四人で四斗樽を運んだのでしょう」

「であろうな」

「国三さんは五十樽になると申されました。真に一晩我慢すればどこぞへ移す名案がございますか」

駿太郎が小籐次を疑いの眼差しで見た。

「なんとか致す。駿太郎、明日はな、そなたは望外川荘に残れ。父が一人で出かけてくる」

「研ぎ仕事でございますか」

「研ぎどころではなかろう。おりょうの歌会の集いもできまい。早急に酒樽の一件を片付けねばなるまいて」

小籐次は折角魚源から鯛の造りや焼き物用の切り身を頂戴したのに、酒を飲む気が失せていた。

（いくら好物とはいえ、あり過ぎても困るか）

分限者は蔵の中に千両箱を積んでおるというが、つかい道に困らぬのであろうかと、妙な考えが浮かんだ。

のろのろと不酔庵の傍らを抜けて望外川荘を望む庭に出たとき、おりょうが茫然として酒樽の前に立っていた。クロスケもシロもいつもの元気がないのは、酒のせいだろうか、小籐次はいよいよ憂鬱になった。

四

翌早朝、小籐次は小舟で望外川荘の船着場を離れた。

駿太郎は弘福寺の本堂で剣術の稽古をするという。そこで四斗樽を一つ住職の向田瑞願に渡してくれぬか、と駿太郎に願った。瑞願和尚は喜ぼうが、

「あまり飲み過ぎるな、とわしが言うていたと、しかと伝えるのじゃぞ」

と注意した。

駿太郎は、

「父上、私と智永さんの二人では運べません」

と首を振った。

「四斗樽を担ぐにはコツが要ろう。やはり、わしが戻るまでこの話は和尚に黙っておけ。和尚のほうがうちに来て、四斗樽の蓋を開けてもならぬでな。なんとしても本日じゅうに酒樽の始末を考える」

と言い残して小籐次は出てきたのだ。

三河蔦屋は酒問屋だ。

酒を卸すのが商いだ。祝いごとに頂戴した大量の酒を捌《さば》く術《すべ》を承知していようと思った。同時に四斗樽を贈ってきた方々の気持ちにそぐわぬ始末の仕方も困ると思った。

櫓を使いながらここが思案の為所《しどころ》じゃと、小籐次は頭を絞った。

考えが湧いたのは両国橋を潜るあたりでだ。

(さあて、さようなことができるものか)

ともかく十三代目の染左衛門に相談してみようと深川佐賀町から大川に合流する堀に架かる下之橋を抜けて、永代寺門前山本町の亥ノ口橋に小舟を着けた。すると三河蔦屋の大番頭の中右衛門が河岸道に立っていた。

「おお、酔いどれ様が参られたか。またなにやら江戸じゅうを騒がせたようですな」

「なんのことだな、大番頭どの」

「とぼけてはいけませんぞ。読売が書いたのは、虚言ですか。上様のお名を出して読売屋がほら話を書くなれば、読売屋の首が飛びましょう」

小舟を舫《もや》うと石段を上がり、三河蔦屋の門前の河岸道に上がった。

「大番頭どの、十三代目はおられるか」

「おられるがなんぞ用事ですか」

「相談ごとがあってな、かく参上した」

「参上な、いまや赤目小籐次の訪《おとな》いを断わる江戸の人間は武家方、町人だれひとりとしておらぬでしょう」

「たかが、研ぎ屋爺じゃぞ、大げさにいうものではないわ」

「心からそう思うていらっしゃるか」

「思い違いというか」

「おお、思い違いも甚だしい。そう考えておられるのはご当人だけではございませんか」

と応じた中右衛門が三河蔦屋の立派な長屋門を潜ると、庭伝いに奥へと案内していった。もはや三河蔦屋の主として貫禄がついた染左衛門が帳面を見ていたが、人の気配に顔を上げて、

「これは後見方がお見えとはお珍しゅうございますな。いまや江戸いちばんの人

気者でございましょう」

　と笑った。

　後見方とは、先代の染左衛門が死に臨んで、跡継ぎたる十三代目に赤目小籐次を後見方とせよと言い残したことに発する。三回忌において役目を果たし終えたと小籐次は考えていたが、三河蔦屋では未だ小籐次を後見方と遇していた。

「染左衛門どの、ただ今も大番頭どのに冷やかされた。本日は、その一件に関わる相談ごとでござってな」

　小籐次は縁側から上がると勝手知ったる仏間にとおり、先代の染左衛門に線香を手向けて合掌した。その上で十三代目の染左衛門に向き合った。

「上様へのご拝謁に関わるお話ですか」

「そうなのだ」

　と応じた小籐次は四斗樽が望外川荘に四十樽以上も届いていることを告げた。

「ほうほう、城中での酔いどれ小籐次様の座興に見物のお歴々が感心して四斗樽を贈ってこられましたか」

　と染左衛門が言い、

「さすがの酔いどれ様も四十樽は飲み切れませんか。それでうちでなんとか売り捌けぬかと相談に見えられましたか」

と中右衛門が小籐次の考えを先取りして言った。

「まあ、平たくいえばそうじゃがな。だが、酒を贈ってこられた方々は、大名諸侯や大身旗本じゃ、ただ金に換えたとあっては無礼千万であろう」

「ならば、過日のように御救小屋に寄進なさいますか」

「いや、なんとのうじゃが、銭に換えた金子の遣い道はあるのだ」

「赤目様、その遣い道は、とお聞きしてもお答えはございますまいな」

と染左衛門が言った。

「いや、できるかできぬかは別にして、そのことも相談に乗って頂けませぬかな」

「後見方が相談をうちに持ち掛けられるのは初めてのことでございます。なんなりと申されませ」

「聞いて頂けるか、有難い」

と答えた小籐次が願いを説明すると、小籐次の説明を聞いた染左衛門が、

「天下の赤目小籐次様、お手伝いさせて頂きましょう」

と即答した。

「承知して頂けたか」

「まず最初に手を付けるのは望外川荘に積まれた四斗樽をなんとかすることですかな」

と中右衛門が小籐次に質した。

「そうして頂けると有難い。ただ今望外川荘に届いておる四斗樽の贈り主の名は、久慈屋の手代さんとおりょうが書き留めてある。近々おりょうが礼状の文面を考えて、認めてくれるそうだ。あとはわしがかな釘流で名を認めればことが済む」

しばし沈思していた染左衛門が、

「大番頭さん、急ぎ荷船を二艘《そう》出して、うちの連中に望外川荘からこちらの蔵に運ばせなされ」

と大番頭に命じた。

商売が商売だ。上方から運ばれてくる下り酒を三河蔦屋の蔵に運び込む作業に慣れた奉公人たちは、四十樽など苦労することもなさそうだ。

「やれ、まずはひと安心じゃ。わしがいくら酒好きというたからとて、四斗樽四十樽に囲まれては、おちおち寝ておられぬ。酔いどれ小籐次も老いたものよ」

と小籐次が愚痴をこぼすと染左衛門が笑い出し、

「いえ、望外川荘が広いというても酒樽がそれだけ並べられれば、いささか勝手が悪うございましょうな」

と言った。

「まったくその通りなのだ。ともかくこちら様が引き取ってくれることはなんとしても有難い」

「赤目様、うちが四、五十樽の四斗樽を引き取るのは商売ですからな、大したことではございません。難儀なのはその先です」

「いかにもさよう、最前も申したが高貴の方々からの心尽くしの祝いです。贈られた方が『おお、小籐次め、そうきたか』と得心する方策でなければなりますまい」

「赤目様が申された話ですがな、倅《せがれ》が半人前の職人にして、親父は余命いくばくもない病人です。これは結構難しい話ですぞ」

と染左衛門が小籐次の思い付きに疑問を呈した。

「やはり難しいかのう」

と小籐次が考え込んだ。

二人の間にしばし沈黙があった。

「おお、そうでした。私のほうにも後見方に頼みごとがございます」

と染左衛門が話柄を転じ、この場の雰囲気を変えようとしてか言い出した。

「わしで間に合うことですかな」

「事情は承知していませんが、成田屋さんが赤目小籐次様にお会いしたいがどうすればよかろうかと、文を寄越されましてな。きっと今ごろ、成田屋さんも読売を見て、多忙を極める赤目様にお願いするのはどうかと迷っておられましょうな」

「なに、市川團十郎丈《じょう》がわしに相談とな、われら先代の三回忌にて義兄弟になった間柄、なんの遠慮が要りましょう。こたびのことの目途がつきましたらな、わしのほうから芝居小屋を訪ねて参りましょうか」

「ただ今成田屋さんは中村座に出ておられます。ただしこたびのこと芝居小屋より他の場所で会うのがよかろうと存じます」

「そうか、團十郎丈ともなると人気者、人目につくところは避けたほうがよかろう。ならば望外川荘に来ていただこうか。ただし、四斗樽がなくなったあとにして下されよ」

「四斗樽なれば今日じゅうに片付けさせますでな」

と染左衛門が約束した。

次に小籐次が小舟を着けたのは蛤町裏河岸だ。

「あれ、結構早いな」

と野菜舟の角吉が女衆《おんなし》を相手にしながら小籐次に声をかけた。

「本日は研ぎ仕事は休みじゃ」

「えっ、そんな呑気なことを言ってさ、いいのか。稼ぎはさ」

と角吉が案じた。

「角吉さんよ、酔いどれ様の懐具合を案じることはないよ。なにしろ公方様に城中に呼ばれたお方だよ。私ら風情の包丁なんぞは研がないとさ。きっとたんまりと公方様からご褒美が出たんだよ」

小籐次の馴染み客のおかつが言った。

「そうではないぞ。差し迫った話でな、職人長屋におさとさんを訪ねるのだ」

「おさとさんは義理の親父さんの看病で忙しいはずだよ。ここんところ野菜を買いにこないもの」

「やはりそうか。おさとさんの義父どのじゃが、容態はどうか」

「なんでもこの夏が越せるか越せないか、加減はよくないってさ」

と竹藪蕎麦のおかみさんのおはるが小籐次の問いに答えた。

「やはりのう。いるかいないか分らぬが、職人長屋を訪ねてみよう」

「俊吉さんを知らないんじゃ、おさとさんのお義父つぁんの見舞いというわけではなさそうだね」

「まあ、そうだな」

と言い残した小籐次は小舟を橋板の杭に結んで、

「角吉、あとでな」

「あいよ、舟は見ているぜ」

と言葉を交わし合い、職人長屋に向った。

おさとはまだ乳飲み子だった駿太郎に乳をやって面倒を見てくれたから、駿太郎の「乳母」といえた。

職人ばかりが住む長屋のせいで、ずばり職人長屋と呼ばれる棟割り長屋を訪ねると、おさとが井戸端で洗いものをしていた。亭主の勘太郎は大工だ。屋根職人の実父は、ずい分前に屋根から落ちて怪我をし、難儀したと聞いていたが、こんどは義理の親父が病に倒れているらしい。おさとにはつねに苦労が付きまとっているようだな、と小籐次は同情した。

「おさとさん、無沙汰したな」

小籐次が声をかけると顔を上げたおさとが、

「ああー、赤目様だ」

とうれしそうに応えて、

「駿太郎さんは元気ですか」

と尋ねた。

「駿太郎は元気にしておる。近ごろではわしの研ぎを見よう見まねで覚えて、おかみさん連の注文をとるようになった」

「聞きました。大きくなったんだ」

と答えたおさとは疲れが五体から滲《にじ》みでていた。

「おさとさん、義父どのが病と聞いた。どんな風だ」

「そんな話までご存じでしたか。お義父つぁんは、この夏が越せるかどうか」

おはるが答えたと同じ返答をおさとがした。

「そうか、本日はな、花火職人だった義父どのが働いていた花火屋がどこか聞きに参ったのだ」

「えっ、赤目様が花火屋に用事なの」

「ちょっとな、考えがあってな。義父どのは花火造りの名人であったと聞いた。だが、何年か前に火薬が爆発して怪我を負ったそうだな、なんとも気の毒だったな」

おさとは、はっとしたような表情を見せたあと、小さく頷いた。小籐次の用事がなにか見当がつかないようだった。

「いまでは、その花火屋に亭主の弟の華吉さんが奉公していますけど」

おさとの無意識に発した言葉に小籐次が頷くと、

「南十間川《みなみじっけん》と小名木川《おなぎ》が交わる近くの八右衛門新田にある緒方屋という花火屋です。いけば田圃《たんぼ》の中にぽつぽつと何軒か納屋のような建物と蔵が建っているからすぐ分るわ」

おさとが花火屋の在りかを教えた。

「ならば小舟で訪ねてみよう」

小籐次は答えると、

「これで義父どのに滋養のつく食い物を食べさせてくれぬか」

と望外川荘を出る折に用意した一分を奉書に包んで差し出した。

「赤目様、亭主のお父つぁんを知っているの」

「いや、知らぬな。じゃが、おさとさん、そなたには駿太郎が世話になった。その礼だと思うてくれぬか」

小籐次はおさとの手に金を押付けた。

「赤目様」

と言ったおさとの両眼から涙がこぼれて頰を伝った。

「おさとさんや、人の一生にはよいときも悪いときもある。悪いときが過ぎればよい時節が訪れよう。亭主の勘太郎さんともどもな、耐え忍びなされ」

と言い残した小籐次は職人長屋をあとにした。

蛤町裏河岸に戻ってみると、強い陽射しを避けて角吉の小舟も小籐次の小舟も柳の木の下の日蔭に移されていた。客は一人もいなかった。

「すまぬな、わしの舟まで気遣いしてくれて」

「用事は終わったか」

「終わった。これから南十間川の八右衛門新田まで行くことになった」

「竹藪蕎麦の親方がよ、酔いどれ様が戻ってきたら蕎麦を食いにこいと言っていたぜ」

「気持ちだけ頂戴しよう」

小籐次が小舟の舫い綱を解くのを見て尋ねた。

「なんでそんなに忙しいんだ」

「うん、ちと考えることがあってな、花火屋に掛け合いに行くのだ」

「花火屋に掛け合いだって。研ぎ仕事と花火が関わりあるのか」

「ないな。だが、なりゆきでな、こうなった」

「あー、まさか八右衛門新田の花火屋って、緒方屋ってとこじゃねえよな」

「おお、承知か。そこにいくのだ」

ふーん、と角吉が鼻を鳴らした。

「おさとさんのお義父つぁんが働いていた花火屋だよな」

「ただ今では倅の、勘太郎さんの弟が奉公しているそうだな」

小籐次の言葉に頷いた角吉がしばし沈黙して考えている風情を見せた。

「なんぞ承知か」

「噂話だぜ」

「それでよい。緒方屋の評判か」

「緒方屋は小さな花火屋だけど、俊吉さんのいた時分には鍵屋も玉屋も驚く色合いの花火を造って打ち上げたそうだぜ。だがよ、花火造りの名人の俊吉さんが辞めたあとは、いささか生彩がないとよ」

「俊吉さんは火薬が爆発を起こして大怪我をして身を退くことになったそうだな」

うん、と角吉が返事をした。

「酔いどれ様、俊吉さんの大怪我はよ、倅の華吉さんがよ、つい油断したせいで起こった爆発だってよ。だが、親父さんは、おれのしくじりだった、と言って華吉さんを庇《かば》っているそうだ」

なんと、そんな経緯があったのか、おさとの暗い表情といい、俊吉が一人前になった華吉の花火を見て死にたいと願っていることといい、なんとなく得心がいった。

「角吉、この噂はこの界隈の人は承知のことか」

「いや、知らないと思うな。おれの朋輩《ほうばい》にさ、八右衛門新田の花火屋に出入りしているのがいてさ、そいつから聞いた話だ。だから、うづ姉ちゃんにだって話してねえ。だれのうちにもなにか一つくらい、揉《も》め事や差し障りのある話はあるよな。おりゃ、赤目様だから話したんだよ」

小籐次は角吉を見直した。

うづの弟として野菜売りを継いだ若い衆としか見ていなかったが、ちゃんとした大人の分別を心得ていたのだ。

「俊吉さんが花火職人を辞めて何年か」

「三年くらいかな」

「伜の華吉の職人としての腕はどうだ」

「親父がいくら伜のしくじりを庇ったといってもよ、職人仲間は察しているよな。決してよくは思っていないさ。華吉さんだって、周囲の目は分るからよ、いたたまれないじゃないか。親方だって一人前の職人としては認めていまいぜ」

「角吉、俊吉さんはどこに住んでいるか承知か」

「黒江町のよ、三河蔦屋の家作に年寄り夫婦二人で住んでいるって聞いたけど」

なんと三河蔦屋の長屋に住んでいたのか。

「そなたの話、確かに聞いた。わしがおさとさんの義父どのに関心を抱いていたという話は、しばらく黙っていてくれぬか」

と小籐次は角吉に願った。

小籐次は小舟を最前訪ねたばかりの三河蔦屋に向け直した。

いつしか夏の陽が少し傾きかけていた。

第三章　八右衛門新田の花火屋

一

小名木川の南に広がる八右衛門新田は、寛永年間（一六二四〜四四）のころ、足立郡大門宿の百姓源左衛門の子、八右衛門が開拓し、以後代々名主を勤めた。広さは東西十二丁、南北二丁半、飛び地もあった。検地は元禄十年（一六九七）に行われ、元禄郷帳では高三百七十二石余とある。

家数はおよそ六十余軒、幕府領であった。また源左衛門屋敷と称する町並は、延享四年（一七四七）、町奉行所支配になっていた。

小籐次は、南十間川を南から北へと小舟を進めてきた。

この川に東から砂村川が合流する北側に八右衛門新田が広がっていた。

小名木川が行く手に見えたとき、西陽を浴び、実りを前にした稲穂の田圃の中に花火屋と思える建物がいくつか見えてきた。おそらく花火造りの名人と言われた俊吉が働いていた緒方屋だろう。

小籐次は八右衛門新田にくる前に今日二回目の訪いとなる三河蔦屋を訪ねていた。角吉から元花火職人の俊吉が三河蔦屋の家作に住んでいると聞いたからだ。

小籐次が面会したのは大番頭の中右衛門だった。

「なんですね。酔いどれ様が一日に二度訪ねてくるなんてめずらしいではありませんか。やはり四十何樽もの樽酒をうちが預かるのは不本意でしょうか」

「いや、そちらの件とは直に関わりがない用件でな。三河蔦屋の家作に花火造りの職人だった俊吉夫婦が住んでいるそうだな」

「ほう、赤目様は俊吉さんと知り合いでしたか」

「いや、嫁のおさとさんにな、駿太郎が乳飲み子の折世話になったが、花火職人だった義父どのとは一面識もない」

「面識のない酔いどれ様が病に伏せっておる俊吉さんのなにが知りたいとおっしゃるので」

「病は重篤か」

「医者はこの夏を乗り切れるかどうかといっておられます」

「嫁のおさとさんにも聞いた。わしが少しの間、じかに話をすることはできようか」

「まあ、できぬことはないでしょう。なんなら、私が立ち合ってもようございます」

「大番頭どのが立ち合うとなれば、相手も気を遣おう。わしの話に乗ってくれた折は、大番頭どのの出番もあろうがな」

「ならば邪魔はいたしません。俊吉さんがぐずぐずいうようなれば、私の名を出してくださって構いません」

「さよう致そう。もう一つ、聞いてよいか」

「なんでしょう」

「義父どのの内証はどうか」

「店賃を溜めておらぬか、と聞いていらっしゃるので」

「まあ、そんなところかのう」

「俊吉さんと女房のおなんさんには子が三人おりました。だが、長女が幼い折に流行病《はやりやまい》で身罷《みまか》り、勘太郎と華吉の男二人だけが育った。親父の俊吉さんは、酔いどれ様はすでに承知のようですが花火造りの名人でしてな、怪我さえなければいまも働いていたでしょう。俊吉さんにとっても花火屋の緒方屋にとっても、不運な出来事でございました」

と中右衛門が言い、

「俊吉さんの内証の話ですが、老夫婦二人暮らしです。慎ましやかな生き方で、一時は酒におぼれたが、この二年は静かなもので、店賃も滞ったことはない。怪我を負って辞めざるをえなくなった折、緒方屋がいくらか金子を包んだそうな。まあ、息子勘太郎夫婦の世話にならず生きていくくらいの金子は持っているのでしょう」

と小籐次の問いに答えた。

俊吉、おなんの夫婦が住む長屋は三河蔦屋の屋敷からさほど離れてはいない、江川橋近くの佐賀町代地にあった。

三河蔦屋の家作だけにしっかりとした普請で、俊吉の部屋は九尺二間を二つ合わせた広さの造りであった。倅二人が巣立っても昔のまま三河蔦屋の同じ長屋に世話になっているのだろうか。

「あら、赤目様」

と訪いを告げた小籐次に庭から声をかけたのは、おさとだった。どうやら舅の長屋に洗濯の手伝いに来ているようだった。

「最前はお気遣いありがとうございました」

「なんのことがあろう」

「お義父つぁんも見ず知らずの酔いどれ小籐次様からおれが見舞いを頂戴する謂《いわ》れがあるのかと、不思議がっていました」

おさとは、小籐次が舅に何か用事があったのかと、見舞い金の意味を考えた。

「おさとさん、舅どのと話ができようか」

「赤目様はお義父つぁんに用事があったの」

「用事というより節介じゃ」

「赤目様が舅にお節介って、なんだろう」

と首を傾げたおさとが洗濯の手を休めて腰高障子を開け、

「お義父つぁん、お客様が話をしたいって」

と土間から声をかけた。そして振り向くと、姑《しゅうとめ》おなんは俊吉の薬を医師のところに取りに行って留守をしていると小籐次に言った。

花火造りの名人だった俊吉は奥の六畳間に伏せっていた。痩せた顔がゆっくり

と動き、

「おさと、だれだい、話があるってのは」

　と力のない声で尋ねた。

「最前、お見舞いを頂戴したでしょ。酔いどれ小籐次様よ。私、何年も前からお世話になっているの」

　おさとの言葉に、

「酔いどれ様がこんな病人になんの用事だ」

「手短に話をしよう。できるかのう」

　俊吉がゆっくりとがくがく顔を動かした、了解の返事だろう。

「赤目様、上がって。私は洗濯を続けるわ」

「おさとさん、そなたも俊吉どのといっしょに話を聞いてくれぬか」

「私も」

　おさとが小首を傾げた。

　病人の前に小籐次が座ったとき、肘から先の右手がないことに気付かされた。おそらく火薬が爆発した折に手を失ったのだろう。これではいくら名人でも花火は造れまい。

「俊吉どの、お節介じゃぞ」

「天下の酔いどれ様が死に損ないの病人になんの用事か、いうてみなされ」

「もう一度花火を造ってくれぬか」

小籐次の一言に俊吉も嫁のおさとも黙り込んだ。医者から余命わずかと宣告された病人であり、右手を失った元職人にいうべき言葉か、と怒りとも苛立ちともつかぬ表情を俊吉が見せた。

「ゆえに節介と断わったぞ。話だけでも聞いてくれぬか」

それから半刻余り小籐次が独りで語った。


それが一刻（二時間）ほど前の話だ。

小籐次は、八右衛門新田を二つに分ける南十間川の岸辺に造られた船着場に小舟を寄せた。黒松の生えた田圃の間の道を緒方屋と思える花火屋に小籐次は向った。果たして入口に、

「花火　緒方屋」

と歳月を経た看板がかけられていた。

茶色の犬が小籐次に向って吠えると、作業場から、

「あかすけ、煩《うるさ》いぞ」

と怒鳴り声がして、襟に名入りの藍色の法被《はっぴ》をきた若い職人が姿を見せ、小籐次に気付くと、

「どこかと間違えてないか」

と質した。

「ここが花火屋の緒方屋ならばわしが訪ねてきた先だ」

「だれだい、おまえさん」

「深川界隈で研ぎ仕事をしている年寄り爺じゃ。主の六左衛門どのはおられるか」

「親父に用か、待ってな」

と若い衆が作業場に戻っていった。どうやら六左衛門の倅のようだった。

四百坪ほどの敷地に二棟の木造家と頑丈な造りの蔵が見えた。

残照に照らされた緒方屋は、花火の時節だというのになんとなく景気の悪い気に包まれていた。

花火は江戸の夏を彩る華、景気ものだろう。だが、そんな活気はどこにも見えなかった。

「わしに用事というのはおまえさんか」

小籐次が敷地の中を眺めていると、声がした。

「ああ、わしでござる」

小籐次が声の方に顔を向けると、白髪頭に手拭いで鉢巻きをした小籐次と同じ年ごろの緒方屋六左衛門がしばし突然の訪問者を見ていたが、驚きの言葉を発した。

「ひょっとしておまえさんは酔いどれ小籐次様ではないかね」

「ほう、わしを承知か」

「去年かのう、らくだ見物に行っておまえ様を見かけたぞ。美しい女子を連れておったな」

「なに、らくだの見世物の場でわしを見たか」

小籐次は忘れかけていたらくだのせいで落馬して腰を痛めた出来事を思い出し、苦い顔をした。だが、強引に不快な思い出を胸の奥に仕舞って、

「六左衛門どの、わしのために花火を造ってもらえるかのう」

と願ってみた。

「なに、天下無双の赤目様がわしに花火を造れといいなさるか。いいか、花火は

わずか一瞬で夜空に咲いて散ってしまう。その値は一両もするぞ」

「花火の値は承知しておる」

「なんぞ曰くがありそうじゃな」

「ある」

「待て、あの女子に捧げる花火じゃな」

「さような粋な話ではないわ」

と言った小籐次は、俊吉と会ってきた話を梅の葉陰で告げた。

「なに、俊吉の加減を承知で花火を造らせようというのか。無理じゃな、病は別にして片腕がないのだぞ。花火造りは、おまえ様が悪人ばらを叩き斬るほど簡単ではない」

六左衛門が花火造りを虚仮《こけ》にするなという口調で言い返した。

「ここには俊吉どのの倅が働いているそうじゃな」

小籐次は話柄を転じた。

「名人といわれたあの親父の倅ゆえおいておる。他の人間ならばとっくに辞めさせておるな」

「半人前とだれもがいうで、そなたの言葉も分らんではない。親方、名人の血筋でも一人前の職人に育たぬか」

「親父が元気でいたならば、なんとかものになったかもしれん。だが、親父のいないいま、ただの厄介《やっかい》もんじゃな」

「親方はよう辛抱しておるようだな」

小籐次が六左衛門の覚悟を褒めた。すると、

「だが、それも今年かぎりかもしれん」

「馘首《かくしゅ》する気か」

「いや、三代続いた緒方屋がわしの代でつぶれるのよ」

と応じた六左衛門の口調には諦観が見えた。そして、言い訳をした。

「わしとしたことが、いくら酔いどれ様とはいえ初めて会った人間にうちの内情まで洩らしてしもうた」

「そこまで覚悟を決めたか。ならば最後の夏の両国の花火、緒方屋三代目の意地を見せてみぬか」

「意地を見せようにも客の注文がないでな。ない袖は振れぬというやつじゃ」

緒方屋の内情は小籐次が想像しているより酷かった。

光が遅くまで残る夏の残照もいつしか消えて八右衛門新田に宵闇が訪れ、蚊が

ぶんぶんと二人の周りを飛び回り始めた。すると最前の若い衆が蚊遣りを二人の足元に持ってきた。蚊遣りの煙とかぼそい火の中で二人は話を続けた。

「このご時世じゃ。今年の花火はきびしいと聞いてきた」

「来年か再来年に景気が盛り返せば、鍵屋玉屋ならば花火造りができよう。だが、うちのように小さな花火屋は今年でお仕舞いじゃ」

「親方、花火一つが一両というたな。二十八日までに四十発の花火ができるか」

「冗談にしても景気がいいな。だが、酔いどれ様、おまえ様の冗談に付き合う元気は、この六左衛門にはない」

「わしも冗談をいうほど暇ではない」

小籐次は三河蔦屋から頂戴してきた包金《つつみがね》二十五両を懐から出すと、

「さしあたっての内金じゃ」

と差し出した。だが、親方はその包金を受け取らず小籐次に質した。

「よ、酔いどれ様、本気か」

「偽金ではない。最前深川の惣名主《そうなぬし》三河蔦屋の十三代目から頂戴してきた小判じゃ」

「一体、この話にどんな曰くがあるのか」

「曰くは親方が知る必要もあるまい。まあ、江戸の夏をな、少しばかり景気づけたいだけよ。だが、この花火造りには条件がある」

「俊吉に指図させよというのだな。だが、さようなことをすれば俊吉の死を早めるぞ」

「それも承知だ。俊吉どのの心残りは華吉をおのれの跡継ぎに育て上げられなかったことだ。わしが節介にも、『おまえさんの命を賭して倅に花火造りの技を伝えて行かぬか』と幾たびも繰り返し願ったら、『六左衛門親方が許してくれるならば、わしの命など惜しくはない』と応じてくれた。明日の朝、わしが舟に乗せて俊吉どのをここに連れてこよう。俊吉どのは命を張るのだ、親方も受けてくれぬか」

しばし沈黙していた六左衛門が、

「魂消たな。こんな話が舞い込んでくるとはな」

「できるかな、親方」

「できるもできねえもねえよ。俊吉が命をかけるというならば、うちも最後の意地を見せようじゃないか」

「よし、話は決まった」

と小籐次が包金を六左衛門に渡した。

「酔いどれ様は、もはや俊吉が腕を失った事故の真相を承知のようだな」

小籐次は頷くと、

「華吉がしくじったせいで、親父は腕を失い、ただ今死の床にある。その倅が親父に償いをして恩を返す最後の機会じゃ。この機会を失すれば倅は生涯後悔して生きていかねばなるまい」

と言った。

「酔いどれ様、華吉に会って親父の覚悟を伝えてくれぬか」

「その積もりできた。会おう」

六左衛門が作業場に戻りかけ、小籐次を振り向くと、

「おまえさんの話は読売なんぞであれこれと書かれているので承知していた。今まで話半分と思うてきたが、どうやら読売も真の話を書くこともあるらしい」

と言った。

「親方、買い被るでない。読売なんてあてになるものか」

と応じた小籐次は、

（この一件、空蔵に手伝わせるか）

と思い付いた。

華吉が作業場から出てきた。

「おれに話があるというのはおまえ様ですか」

ひょろりとした体付きの華吉が小籐次に尋ねた。どことなく自信なさげに見えた。親父が片腕を失った事故が未だ華吉を悩ませているのだろう。

「そなたの華吉という名は、夏の華、花火を思うて親父どのが名付けたそうじゃな」

「そんなことを今更聞かされても」

「どうにもならぬか」

「おまえ様はだれですね」

「赤目小籐次という節介者だ」

「あかめ」

と華吉がどこかで聞いたことがあるという表情を見せた。

「華吉、そなたの兄者勘太郎さんの嫁、おさとさんにな、世話になった者だ」

「ああ、酔いどれ小籐次って研ぎ屋の侍か」

「その赤目小籐次だ」

「酔いどれ様がなんの用だ」

「明日、親父の俊吉どのをここに連れて参る」

はあー、と華吉は理解がつかないという顔をした。

「命を張ってそなたに花火造りの技を教えるのだ」

「そんな」

「最前、俊吉どのと話してきた。そして、六左衛門親方にも得心してもらった。いいか、華吉、親父の俊吉どのにもそなたにも、そして、花火屋の緒方屋にとっても、正念場の夏だ。親父どのは、口伝えにそなたに教える花火が両国橋の夜空に上がるのを見て、死にたいと願うておられる。そなた、親父どのの気持ちに応えられるか」

「余計なことだ」

華吉が言い放った。

「いかにも余計なことだ。だがな、世間には余計な考えに従い、その機会をものにして蘇った人間もあるのだ。華吉、そなたの名に負けぬ花火を造って両国橋の上に大きな華を咲かせてみぬか」

小籐次の言葉に華吉は黙り込んで何事か考えていた。

「そなたがどう考えようと構わぬ。明日、わしは俊吉どのを伴い、この場に戻ってくるでな」

と言い残した小籐次は花火緒方屋をあとにした。

二

小籐次が望外川荘に戻ったのは、五つ（午後八時）の鐘の音が川を渡って響いてきたときだ。

「父上、お帰りなさい」

駿太郎が船着場に飛び出してきた。むろんクロスケもシロも駿太郎のあとに従っていた。シロは江戸に辿りついたときより、二回りは体が大きくなり、四肢もがっしりとしていた。広い庭でクロスケと走り回り、十分に餌を食しているせいだろう。

「稽古は存分にできたか」

「一郎太《いちろうた》さんと代五郎《よごろう》さんが来てくれたので、弘福寺の本堂で久しぶりに打ち合い稽古をしました。父上の用事は終わりましたか」

「いや、始まったばかりだな」

と応じた小籐次は、

「駿太郎、明朝、わしの手伝いをしてくれぬか」

「研ぎ仕事ですか」

「いや、病人を小舟で運ぶのだ」

「病人ってどなたです」

「その話はあとでしようか、おりょうにも聞いてもらいたいでな」

「ならば湯が沸いています。母上は黙っていても着替えを持ってまいられます」

駿太郎がいうと先に走っていった。そのあとを二頭の犬たちが追っていった。

小籐次は気疲れを感じていた。

竹林の中で四斗樽に埋まった望外川荘を思い浮かべ、

（いや、三河蔦屋の衆がすでに運んでおろう）

と考え直し、不酔庵の傍らから望外川荘を望むと、いつもどおりすっきりとした佇《たたず》まいに戻っていた。

「おまえ様、三河蔦屋さんの若い衆がお見えになって、あっ、という間に四十七樽を運び出していきました」

「朝方より増えておらぬか」

「はい。久慈屋さんから新たに届けられた分、増えましたので。国三さんはもはやこれ以上はなかろうと言い残して帰られました」

「そう騒ぎがいつまでも続いても敵《かな》わぬ」

「おまえ様、三河蔦屋さんに願ってお売りになりましたか」

小籐次は次直をおりょうに渡すと、

「内金として包金を頂戴したでな、売ったといえば売ったのであろうな」

「どういう意でございますか」

「駿太郎に明日手伝ってもらうことがある。湯に浸かって話をしてよいか」

「ならばその足で湯に参りなされ」

小籐次は庭を回って望外川荘の風呂場に向った。するとすでに駿太郎が入っているらしく、釜場からクロスケとシロの吠える声がしていた。

小籐次が風呂場に入ると、

「父上、森藩の殿様は、お元気がないそうです。そう一郎太さん方が言っていました」

「奥方様に弱みを握られたでな、当分は静かにしておるしかあるまい」

と答え、掛かり湯を使って湯船に入ったとき、おりょうの気配が脱衣場でして、蚊遣りの煙が洗い場にも流れてきた。

「本日は森藩のことで奔走なされましたか」

「そうではない。ちと話が長くなるやもしれぬが、掻い摘んで話そう。前置きしておくと、だれに頼まれたわけではないで、わしのお節介じゃ。そのことを断っておく」

小籐次は今朝からの行動を出来るだけ手短に告げた。

話を聞き終わったおりょうが、

「両国の花火の宵までそう間がございません。俊吉さんはさような体で倅の華吉さんに花火造りの技を伝えることができましょうか」

「病で動けぬうえ、手も使えぬ。だが、名人上手の域に達した人物が死を前にして口だけで教える秘伝だ。華吉も他の職人も命がけで学ぶのだな。そうなるともはやわしの出る幕はなかろう」

と小籐次が言った。

「父上、俊吉さんを毎日送り迎えなさいますか」

「いや、それは俊吉どのの体にも負担がかかろう。親方に許しを得てな、八右衛門新田の花火屋に泊まり込んで過ごすことになった。おさとさんもおかみさんのおなんさんも交代で泊まり込み、三度三度の食事などの面倒を見ることになっておる。緒方屋にとっても正念場、俊吉どのの知恵と経験を受け継がねば、緒方屋はつぶれることになるでな」

と小籐次が言い、湯船から上がった。

翌朝、小舟で小籐次と駿太郎は蛤町裏河岸に行き、二人の研ぎ道具を竹藪蕎麦の前に置かせてもらって小舟を空にした。その上で三河蔦屋の家作にいき、小籐次、駿太郎、そしておさとの亭主の勘太郎の三人で俊吉を夜具を敷いた戸板に乗せて運んで小舟の胴の間に乗せた。

八右衛門新田まで送っていくのは小籐次と駿太郎におさとの三人だ。大工の勘太郎は普請場に行かねばならない。

そんなわけで朝も早く涼しいうちに、元花火造りの名人を南十間川の八右衛門新田の花火屋緒方屋に送っていった。

緒方屋では、親方の六左衛門以下職人全員が三年ぶりに俊吉を緊張の面持ちで

迎えた。だが、戸板に乗せられた俊吉の憔悴《しょうすい》しきった顔と痩せこけた体を見て、衝撃を受けると同時に、

「こんな病人が花火造りの技を教えることができるのか」

という疑いの眼差しで見る若い職人もいた。

一方倅の華吉は、父親の疲労し切った様子に言葉もない様子だった。華吉は緒方屋に住み込みで奉公し、両親の住む長屋にはあまり帰ってないようだった。

俊吉は、三年ぶりに花火造りの現場にここでも戸板に乗せられて入った。すると弱々しかった眼差しに光が宿ったのを小籐次は見逃さなかった。

花火職人たちはなにが起ころうとしているのか、だれも知らない様子だった。六左衛門にしてもほんとうに俊吉が元の職場に戻ってこられるのかどうか半信半疑だった。

「皆、よく聞きな。ここにおられるのは赤目小籐次様、巷《ちまた》では酔いどれ小籐次の名で世間に知られたお方だ。おめえたちも名前くらいは聞いたことがあろう。武勇の士でもあり、俠気《おとこぎ》の持ち主でもある。先日も公方様にお目どおりされたと聞いた。そんな、えれえお方だ」

と話を止めた六左衛門が一同を見回した。だれもが酔いどれ小籐次が花火屋に

なんの用事だという顔をしていた。

「昨日な、酔いどれ小籐次様からじかに花火の注文を受けた。それも四十発だ。うちが去年の夏に受けた注文より多い数の花火だ、内金も頂戴した。わしが受けた以上は、おめえたちにも四の五のいわせねえ。緒方屋の意地にかけても赤目様の注文は二十八日には間に合わせなければならない。ところで酔いどれ様からこの仕事に条件がついた。三年前までうちで働いていた俊吉父つぁんがな、こうして戻ってきて、花火造りの技をおめえたちに伝えることだという。いや、正直いうと、俊吉父つぁんは倅の華吉が造った花火を見て、死にてえと願ってなさる。だがよ、本人の前だが、華吉は半人前の花火職人だ。一両の花火を拵える腕はねえ。それなりに経験はあるんだが、三年前の父つぁんの事故で自信を失ってやがる。その話を聞いた酔いどれ様が俊吉父つぁんに最後の技の伝授をしてみないか、それには本物の花火を造るのがなによりのはずだ、剣術でいえば真剣勝負だと口説いたというのだ。花火代も酔いどれ様がお出しになった。

だがな、この一件は華吉だけの話じゃねえ、うちの内情が苦しいのは働いているおめえらも重々承知だろう。おめえたち弟子全員とこの緒方屋が花火屋として生き残ることができるかどうかの、最後の夏の大勝負だということよ。俊吉父つぁんが命を張って、華吉ばかりじゃねえ、おめえらに名人の技を伝えていこうといいなさるんだ。父つぁんが命を張っているんなら、おめえらもわしも花火屋の意地を見せなきゃ、酔いどれ様の気持ちに相すまねえ」

緒方屋の三代目の六左衛門が視線を華吉に向けた。

「いいか、華吉、親父さんの最後の伝授だ、性根を据えて一言一言を聞くんだ。三年前におめえがしくじりをして、うちは花火造りの名人を失った。あのときの償いをする機会をこうして酔いどれ小籐次様が身銭を切ってつくって下さったんだ。本日ただ今の刻限から花火の宵まで昼も夜もないと思え」

そう言うと、最後に弟子たち全員に告げた。

「わしのいうことが分ったら、返事をしねえ」

「へい」

と一同が返事をした。

「華吉、おめえは親父さんの、いや、花火造りの先達のそばにいて世話をしながら、花火造りの基から教えてもらうのだ。もはやおめえには親父だと甘ったれている余裕はねえぞ」

華吉は無言であったが、がくがくと頷いた。

「よし、仕事を始めるぞ」

俊吉が寝床からおさとの介助で上体を起こして言った。その言葉に力がこもっているのが小籐次にも駿太郎にも分った。

「ご一統、わしと倅は仕事に参る。夕刻前には顔を見せよう。夏の暑さが俊吉どのにどれだけ堪《こた》えるか、そしてそれに耐えられるかは、おまえさん方が俊吉どのの命《めい》を聞いて、どこまで花火造りに活かせるかにかかっておるぞ」

と小籐次が言い残し、最後におさとに、

「俊吉どのの面倒を頼む」

と願うと駿太郎を伴い、花火緒方屋を出ると南十間川から深川の蛤町裏河岸に戻っていった。

「父上、俊吉さんはこの暑さに耐えられますか」

小舟を漕ぎながら、駿太郎が小籐次に尋ねた。

「分らぬ。俊吉どのの気力がどこまで持ちこたえられるか。こうなれば、倅の華吉が造った花火が江戸の夜空に打ち上げられたのを見せて、あの世に旅立たせたいのう」

と小籐次が答えた。

この日、竹藪蕎麦の前に置いていた研ぎ道具を回収した小籐次と駿太郎は、久しぶりに芝口橋の久慈屋に顔を出すことにした。研ぎ仕事が溜まっていることもあった。なにより赤目父子が上様に拝謁したという騒ぎは、もはや静まっているのではないかと期待していることもあった。

久慈屋の船着場に小舟を寄せると喜多造が、

「赤目様、ようやくお出ましですな」

と声をかけてきた。

「無沙汰をして迷惑をかけておる。喜多造さん方には本業とは別のことをさせて申し訳なかった。もはや酒樽は届くまい」

「さあてどうでございましょうね。一時はうちの店が紙問屋から酒問屋に商い替えしたように、四斗樽が積み上げられておりましたからな」

と喜多造が笑った。

小籐次はすでに商売が始まっている久慈屋の店に向い、昌右衛門と大番頭の観右衛門に迷惑をかけた詫びを述べて、本日から仕事を再開したいと願った。

「赤目様、望外川荘からたくさんの四斗樽が姿を消したと聞きましたが、どうなさいましたな」

　と観右衛門が興味津々に聞いてきた。

「三河蔦屋に願って引き取ってもらいました」

「おお、その手がございましたか。ですが、水戸様、伊達様をはじめ、お歴々からの贈り物ゆえ三河蔦屋さんではどうなさるお積もりでございましょうな」

「いくらわしが酔いどれの異名をもつとは申せ、四斗樽五十近くも飲み尽くせませんでな、いささか知恵を絞っているところでござる」

　八右衛門新田の花火屋の一件について、親しい二人にも小籐次は口にすることはなかった。というのも病人の俊吉の命がかかった話であり、実現できる見通しが立っていなかったからだ。

「頂戴ものの始末にお困りになっておられるのではと、うちでも大番頭さんと話しておりました」

　と昌右衛門も言った。

「まずは研ぎ仕事をしながら考えましょう。ああ四斗樽に囲まれていては、なんの考えも浮かびませんでしたでな」

　と小籐次が答えたところに駿太郎が、

「父上、研ぎ場が出来ました」

と声をかけてきた。

「よし、このところ駿太郎ばかりに仕事をさせておった。本日から性根を入れ直して本業にかかろうか」

すると手代の国三が、

「だいぶ道具がたまっておりますよ」

と久慈屋と京屋喜平の道具を運んできた。

「父上、私が下研ぎをしてあとは父上にお願いすればよろしいですね」

「ああ、それでよい」

父と子は久しぶりに久慈屋の店の一隅の定位置に座り、研ぎ仕事を始めた。

二人の前には夏の陽射しをさけて藍色の暖簾《のれん》がかけられており、風が吹くと暖簾の間から芝口橋を往来する人びとの額や首筋に汗が光っているのが見えた。

二人は黙々と単調な研ぎ仕事に没頭していった。

どれほどの刻限が過ぎたか、暖簾を分けて人影が立った。顔を上げずともその人物が読売屋の空蔵と分った。

「ようやく姿を見せやがったな。おれが書いた『酔いどれ小籐次父子城中白書院にて、上様に拝謁』を載せた読売売り出しの間、どこに雲隠れしてやがったよ」

と空蔵が言った。

「そなたの商いの道具に使われてもかなわぬでな」

と小籐次が言い、空蔵が、

「あの読売は売れたぜ。なにがしか、分け前を払ってもいい」

と言った。

「そなたの商いに加担したくはないでな、お断わりしよう」

「さすがに酔いどれ小籐次様だな、銭には困っておらぬか」

「さような話ではないわ」

「しこたま頂戴した四斗樽はどうしたよ。まさか一人で飲もうという魂胆じゃないだろうな。それとも売っぱらって金子に換えたか。まあ貰いものゆえどうしようとも勝手だがな。だがよ、あれだけの酒は一軒の酒屋じゃ買ってくれまい」

「頂戴した酒の始末をそなたが案じなくともよい」

と言ったとき、小籐次は、八右衛門新田での思い付きを思い出した。

「空蔵、今年の両国の花火はいま一つ景気がつかぬようだな」

「そうなんだよ。このご時世じゃな。それとよ、花火を打ち上げると異国の船が江戸の内海に押しかけるなんて噂を流す輩《やから》もいてよ、どうにもこうにも景気が悪いのよ」

「どうだ、両国の花火が賑わう話を読売に書いてみる気はあるか」

「夏の宵、一両の夢を咲かせたいがよ、なにしろ一瞬で消えるものだ。なにか人情味ある話か面白い出来事があるといいんだがな」

　空蔵が小籐次の前にしゃがんで思案の体を見せた。

「なんぞ話を見つけてこぬか」

「花火は今月の二十八日だぜ。まだしばらく日にちがあるよな」

「あるようでない」

「持って回った言い方をしやがるな、酔いどれの旦那、おまえさんが一枚噛《か》む話が考えられればな」

「だから、夏の宵、江戸に賑わいを取り戻す舞台裏なぞ調べてこい。話によっては」

「酔いどれ様も一枚噛んでくれるか」

「その折は考えよう」

「珍しいな。おめえさんのほうからおれの手伝いをしようなんてよ。ウラがありそうだな」

「なくもない」

ふーん、と考えていた空蔵が、

「おい、あの四斗樽はどうしたよ。毎夜毎夜、四斗樽を開けて飲んでやがるか。いくら酔いどれ様とはいえ、半年以上はかかろうな」

と四斗樽の話にもどした。このネタで一本読売にしようという魂胆が見え見えだった。

「外道飲みをする齢ではないわ」

「じゃどうしたよ」

「売り払って金にした」

「えっ、やっぱり売り払ったのか。水戸様を始め、大名諸侯が白書院の赤目親子の芸の見物料に払った四斗樽だ、それも五十樽近くは集まったと聞いたぜ。上様お目見えの祝い酒、そいつを銭に換えてどうするつもりだよ」

空蔵がこの話の先を要求した。

「わしもな、老い先を考えたとき、おりょうと駿太郎のために」

「あ、呆れた。まさか酔いどれ小籐次様が女房子どもに銭を残すなんて、みみっちい料簡《りょうけん》を起こしたわけじゃないよな」

鼻白んだ顔の空蔵が質した。

「研ぎ仕事をしておっても、そなたのような邪魔が入って仕事にならぬでな」

「ちぇっ、おれのせいにするねえ。天下無双の赤目小籐次様が頂戴した四斗樽を銭に換えて、老後の費えにするか。まだ景気がつかない花火話の方が読売になりそうだ」

と吐き捨てた空蔵が、

「久慈屋の旦那、大番頭さんよ、酔いどれ小籐次は呆けたぜ。新兵衛さんならば可愛げがまだ残っているがよ、この年寄り爺じゃな」

と嫌みを残して立ち去った。

三

小籐次はまた研ぎ仕事に戻った。

昼餉の折、小籐次と駿太郎父子は、いつものように台所に呼ばれて大番頭の観右衛門と、久慈屋の台所を預かるおまつの在所で夏場に食するという冷やしうどんと炊き込みご飯のにぎり飯を馳走になった。冷やしうどんは暑さの折にはなんとものど越しがよく、薬味のネギ、青柚子、わさびを載せると、するすると食することができた。

「赤目様、だいぶ読売屋の空蔵さんをいたぶっておいででしたな」

「空蔵は近ごろこの年寄りを頼りに商いをしているでな、少しからかってみた」

「で、なんぞ工夫がつきましたか」

と観右衛門が尋ねた。

「工夫と言われるほどのものではないがな、さるご仁にお願いしたことがある。されどそのことがうまくいくかどうか、五分五分といいたいが、三分七分かな。なにしろ病人が頼りの企てでな」

そういいながら小籐次は、俊吉がこの暑さに耐えて頑張っているであろうかと案じた。

「ほう病人が頼りですか。まあ、元気な者でもこの暑さは堪えます。赤目様はこのところ忙しゅうございました。無理はなさらないで下さいよ」

「分り申した」

と応えて冷やしうどんを啜《すす》る小籐次に観右衛門が、

「そうじゃ、新兵衛さんが夏風邪を引いておるそうな」

「なに、新兵衛さんが風邪じゃと、夏の風邪は甘くみると命取りになるでな。お麻さん、夕も案じておるであろうな」

「それでもどてらを着て、柿の木の下で赤目様になり切って、研ぎ仕事に精を出しているようです」

「本日は早上がりして新兵衛さんを見舞っていこう。なんぞ見舞いの品があるとよいがな」

　と小籐次は呟いた。だが、この暑さだ。物売りもなかなか顔を見せなかった。どうしたものかと思案に暮れた。

「父上、もう一つ、お忘れではございませんか」

　冷やしうどんをお代わりして食し、にぎり飯も二つ食べて満足げな駿太郎が父親に言った。

「うむ、なんぞあったかのう。このところあれこれと立て込んでおったで、頭がよう回らぬ。空蔵が、わしを呆けておるというたが、当たらずとも遠からずだな」

　小籐次はあれこれと頼まれごとを思い出そうとしてみたが、なにか思い出せなかった。

「三河蔦屋さんを訪ねたとき、歌舞伎役者のどなたかが父上にお会いしたいと三河蔦屋さんを通じて頼まれたと、母上に申されませんでしたか」

「おお、そうであった」

小籐次は駿太郎の言葉で思い出した。

「えっ、また女形《おやま》の岩井半四郎様から頼まれごとかね」

芝居好きのおまつが目の色を変えた。

「いや、おまつさん、それが女形の半四郎丈ではないのだ」

「じゃあ、だれだね。宮芝居の役者あたりが酔いどれ様に頼みごとか」

おまつがいささか鼻白んだという顔で質した。

「いや、そうではない。ほれ、なんと言ったか、成田屋さんと呼ばれる役者衆がいよう。うん、ここまで出かかっているのだが、名前が出てこぬ。年寄りはこれだからこまる。おお、そうだ、市川團十郎丈だ」

「はあぁー」

とおまつが言葉を詰まらせ、

「よ、酔いどれ様はほんものの市川團十郎様を承知かね、宮芝居の市川丹五郎なんて役者じゃないかね」

「三河蔦屋の十二代目の三回忌でな、義兄弟の盃を交わしたのだ。いちおうわしが兄貴分かのう」

「大番頭さん、酔いどれ様は市川團十郎様と義兄弟だとよ、それもこの爺様が兄貴分だと。冗談にもほどがねえか」

「おまつ、おまえさんは赤目小籐次様を承知のようでよう知っておりませんな。三河蔦屋の三回忌でしたら、ほんものの七代目市川團十郎がお見えになるのは当然のことです。出開帳《でがいちよう》の折、團十郎丈は、中村座で『伊達模様解脱絹川《だてもようげだつきぬがわ》』を演じておられましたし、二人が知り合ってもなんの不思議もございますまい」

と観右衛門もいささか興奮の体で、小籐次を見た。

「大番頭さん、ほんとの話かね、ぶっ魂消たよ。酔いどれ様が團十郎様と知り合いなんてよ」

おまつがいま一つ信用がならないという顔で観右衛門に言った。

「いや、あの三回忌が催された折、仙台藩江戸家老の庄田様やら成田山新勝寺の管主濱田寛慈《かんじ》大僧正やら佐倉藩の藩主堀田様やらお歴々がお集まりでな、その場に七代目の成田屋さんもおられたのだ。三河蔦屋の先代の遺言で、わしがおこがましくも十三代目の後見方というので、おりょうと出ておった。その席で、朱塗りの大杯が持ち出され、十二代目の法要に小籐次、飲み納めよと皆に煽《おだ》てられ、ついな」

「飲まれましたか」

「うん、大番頭どの、こちらも気持ちの準備があるでな、下手は承知で李白の別離の歌を弄しながら、酒を飲み干した。するとな、わしの朗詠がよほどひどかったとみえて、團十郎丈が、なんと、『いよっ、赤目屋、三国一！』と掛け声をかけてくれましてな。そのあと、成田屋さんとわしと二人して酒を飲みわけ、兄弟の契りを結んだのでござる」

「赤目様、こりゃ、大変な話ですぞ。おまつ、おまえの前に座って冷やしうどんを啜るご仁は岩井半四郎丈とも七代目市川團十郎丈とも昵懇の付き合いのお方ですぞ」

「呆れた話じゃが、そんなことがあろうか」

おまつは信じられない風で小籐次を見て、さらに言った。

「もしこの話が真なら、うちの在所の冷やしうどんなど啜っている場合かね。二の膳付きの昼餉だよ、明日からさ」

「おまつさん、母上もその話をしておられましたからほんとの話と思います」

おまつが重ね重ね父親の話を否定するものだから、つい駿太郎も切り口上に話に加わり、

「駿太郎、三回忌の法要とはいえ天寿を全うされた十二代目の思い出を語る酒席じゃ。かような座興、大した話ではないわ」

と小籐次が駿太郎を窘《たしな》めるように言った。

「いえ、ちょっと待って下され、赤目様。当代の三河蔦屋さんを通して成田屋さんから赤目様に会いたいとの申し出ですぞ。これは万難を排して、成田屋さんとお会いになるべきです」

観右衛門の言葉にも力が籠っていた。

「そうか、会わねばならぬか。ただ今は中村座に出ておられると聞いたが、新兵衛さんの見舞いが先か、成田屋さんを訪ねるのが先か、どっちかのう」

と小籐次は迷った。

「父上、今宵は格別にお夕姉ちゃんがうちに泊まる日です」

「となると、新兵衛さんの見舞いを帰りに済ませ、中村座に立ち寄るか」

と応える小籐次に、

「赤目様、お芝居の最中にいきなり訪ねるのはどうかと思います。明日の昼前に中村座をお訪ねになって、座元の中村勘三郎さんに成田屋さんの都合をお尋ねになったらどうでしょう」

と観右衛門が言い、

「そうなると駿太郎、昼からお互い力を入れて研ぎに精を出そうかのう」

と小籐次が己に言い聞かせるように洩らし、駿太郎がおまつに昼餉の礼を述べて、父子は店先の研ぎ場に戻った。

久慈屋と京屋喜平の道具を二人して力合わせてせっせと研いだ。だが、どう頑張っても今日じゅうに終わる目途《めど》は立たなかった。

それを見た国三が、

「赤目様、明日もこちらに研ぎ場を拵えておきます」

と言ってくれた。

「有難い」

研ぎ上がった分の京屋喜平の道具を駿太郎が届けにいっている間に、小籐次の前の暖簾を分けて難波橋《なにわばし》の秀次親分が姿を見せた。

「研ぎ仕事を再開なされましたか」

「強葉木谷の騒ぎ以来、あれこれと本業以外がせわしくてこのところまともに稼ぎをしておらぬ。本日より研ぎに精を出すゆえ、親分、当分御用の手伝いはなしじゃぞ」

へえへえ、と答えた秀次が、

「公方様お目どおりの赤目小籐次様にこれからは下手な御用は頼めますまい。とはいっても、わっしらの御用はろくでもない騒ぎばかりですがな」

と苦笑いした。

秀次親分は閑《ひま》そうな顔付きで、なんぞ頼みがあってのことではなさそうだと推量して小籐次は安心した。そして、偶《たま》にはこちらから願ってみるかと小籐次は思い付いた。

「親分、ちと頼みがある」

「なんでございますな。赤目様の頼みは断われませんからな」

「この一件、わしも内容を全く知らぬのだ。また相手が相手ゆえ悪い評判がたつような調べはこまる」

「持って回った言い方でございますな」

秀次が小籐次の前にしゃがみ込んだ。

「いや、七代目の市川團十郎丈といささか縁があってな、この成田屋さんがわしに会いたいというておられるそうな」

「ははあー、先代の三河蔦屋の三回忌法要で成田屋さんと知り合いになりましたかえ」

さすがにおまつと違い、餅は餅屋、團十郎と小籐次が縁を持った場所を推量した。

「まあ、そんなところだ」

「つまり市川團十郎丈がなにか困った騒ぎに巻き込まれてないか。それで赤目様の力を借りたいのではないか、そんな辺りを極秘に調べればよろしいのでございますな」

「そうじゃな。いくらなんでも成田屋さんが女がらみの艶《つや》っぽい話をわしになんとかしてくれとは申されまいでな」

「そうですな、それはございますまいな」

と笑い顔で応じた秀次が、

「宜しゅうございます。わっし一人で中村座近辺に探りを入れてみます」

と請け合い、傾いた陽射しの中に姿を消した。

するとそこへ駿太郎が戻ってきて、

「父上、京屋喜平さんから京菓子を頂戴致しました」

と愛らしい紙包みを小籐次に見せた。

「おりょうが喜ぼう」

と頷いた小籐次は、

「本日はこれにて早仕舞いじゃ。帰りに長屋に立ち寄り、新兵衛さんの様子を見ていこうか」

と応えながら、新兵衛もこのところ風邪引きが繰り返されるな、疲れが出ておるのではと案じた。

「赤目様、新兵衛さんとおりょう様に瓜を持っていってくださいな」

おまつから話を聞いたか、おやえが新兵衛の風邪見舞いを考えてくれた。

「有難い、久慈屋さんの貰いもので新兵衛さんの見舞いの品が出来た」

そうおやえに礼を述べた小籐次は、

「おやえさん、加減はどうか」

と尋ねていた。

おやえの顔がどことなくふっくらとして、帯がゆるめに結ばれていたからだ。

おやえが第二子を懐妊していることを伊勢の旅から戻って小籐次は聞かされていた。

「赤目様、こたびは女子のような気がします。私もお腹の子も元気です」

おやえは久慈屋の娘の貫録で答えた。

「なによりなにより、久慈屋にとって万々歳じゃな」

小籐次と駿太郎は、七つ半前に今日の仕事を切り上げて新兵衛長屋に立ち寄ることにした。

空の小舟に乗り込む二人に喜多造が、

「おまつさんが台所でえらく興奮していますぜ。なんぞありましたかな」

「喜多造さんや、おまつさん当人にお尋ねなされ」

といなした小籐次は棹《さお》を使う駿太郎を助けて舫い綱を外し、船着場の杭を押して御堀の中ほどへ小舟を押し出した。

うしろを振り返ると芝口橋を往来する人びとに西日があたり、だれもが疲れた顔で歩いているのが見えた。

小籐次が新兵衛の夏風邪を気にして、長屋の堀留の石垣に小舟を寄せると、柿の木の下で新兵衛がまだ「仕事」をしていた。

夏風邪と聞いたがさほどのことはないらしい。ただ一つ、風邪らしい症状は、どてらを着せられた新兵衛が鼻水を垂らしていることだった。

「おお、お偉いお方がわが長屋に参られましたぜ。え、酔いどれの旦那と駿ちゃんはよ、公方様にお目にかかり遊ばされたそうだな。もう下々のおれたちとは付き合いはなしか。新兵衛さんよ、鼻水垂らしている場合じゃないぜ」

と思わず勝五郎が話の矛先を新兵衛に向けた。

「だまれ、下郎。赤目小籐次に向って無礼千万の雑言を吐くや」

と新兵衛が勝五郎を一喝した。その拍子に鼻水が垂れ落ちた。そこへお麻が姿を見せて、

「ああー、お父つぁん、鼻はかまなきゃあダメじゃないの」

と腰に下げていた手拭いで新兵衛の鼻を拭いた。

「女子、わしは公方様にお目見え致したか」

新兵衛がお麻に聞いた。

「なにを言ってるのよ、上様にお会いしたのはほんものの赤目小籐次様と駿太郎さんよ。お父つぁんは、長屋でお留守番をしていたじゃない」

「うむ、厠《かわや》通いが頻繁な版木職人め、わしのことをだれぞと勘ちがいしておるな」

と新兵衛は勝五郎を睨んだ。だが、夏風邪のせいか、いつもより迫力に欠けていた。

「駿太郎さん、上様ってどんなお方」

と言いながら、望外川荘に泊まる仕度をしたお夕が長屋の裏庭に姿を見せた。

「お夕姉ちゃん、私は父上と広縁と呼ばれる床の上で来島水軍流の形をしてご覧に入れただけです。いつもと変わりはないよ」

「でも、上様にお目にかかったのでしょ」

「上様ばかりじゃなくて、たくさんの人びとが見物しておられたよ」

「感想はたったそれだけ」

とお夕はあてが外れたという顔をした。

「上様にお目にかかったんだから、赤目様も駿太郎さんも、びしっとした格好をしてくるかと思ったら、いつもといっしょね」

「だって、お夕姉ちゃん、今日は久慈屋さんに研ぎ仕事に来たんだよ。だから、いつものこの仕事着だよ」

「上様にお目にかかっても赤目様も駿太郎さんも変わりないのか」

「変わりはないな」

と小籐次が答えた。

「おい、酔いどれの旦那よ、公方様からいくらご褒美を頂戴したか。十両ってことはないな、十両に値するという大判が二枚だな、親子だからよ」

勝五郎の言葉に新兵衛が反応した。

「下郎、金のことばかり言いおって、下賤なやつめ。そのほうは金のことしか頭にないのか。この赤目小籐次が赤目家伝来の名刀次直で叩き斬ってみせようか」

どてら姿の新兵衛がよろよろと立ち上がり、木刀を振り翳した。

「爺ちゃん、いいの。勝五郎さんに悪気はないのよ」

とお夕が慌てて宥《なだ》めると、

「あのような輩をわが屋敷に住まわせるのではなかったわ」

と言いながら研ぎ場にまたぺたりと座った。

「赤目様、そろそろお仕事は仕舞いになされませぬか。われらも仕事仕舞いをして参りました」

と小籐次が言い、駿太郎が、

「お麻さん、新兵衛さんの風邪見舞いだそうです。久慈屋さんから預って参りました」

と瓜を差し出した。

「あら、駿太郎さんのところで頂戴したんじゃないの」

「うちのは別にあります」

と言った駿太郎が、

「お夕姉ちゃんを連れていっていいですよね」

と新兵衛に聞こえぬような小声でお麻に聞いた。

今月は二度目の望外川荘泊まりだった。このところ桂三郎の仕事が立て込んでいて、お夕は父親の手伝いでびっしりと働いた。それが一段落したというので、今宵格別な望外川荘泊まりを師匠の桂三郎が許してくれたのだ。

「駿太郎さん、私がお父つぁんをうちに連れ戻す間にお願いね」

「分りました」

と答えた駿太郎の傍らで小籐次が、

「ささっ、赤目様、わしと下郎がお道具を片付けますでな、お屋敷にお戻り下され」

と願うと、

「今日も長い一日であったな」

「お疲れ様にございました」

との小籐次の労いの言葉にお麻に手を引かれた新兵衛が、

「ねんねんころりよ、おころりよ

ぼうやはよい子だ、ねんねしな」

と鼻水を垂らしながら間の抜けた声音で歌い、長屋の庭から木戸口へと連れていかれた。

「おい、酔いどれの旦那よ、なんでおれだけ新兵衛さんは目の敵にするのかな」

勝五郎が憮然として小籐次に尋ねた。

「わしも近ごろ呆けが進んだで、よう分らぬ、ひょっとしたら実の親子ではないか」

「なんだって、新兵衛さんとおれが親子だって。酔いどれの旦那も新兵衛さんのように呆けたか」

「ああ、空蔵がわしも呆けたと言いおった」

「空蔵の判断か。そりゃ、なんともいえぬな」

と言った勝五郎は新兵衛が一日を過ごした柿の木の下の研ぎ道具を小籐次から受け取り、

「さあ、新兵衛さんが姿を消した間に、行ったり行ったり」

と三人を追い立てた。

四

お夕が望外川荘に泊まった夜は、いつものように賑やかな夕餉になり、おりょう、お梅、お夕の女たち三人は夜おそくまで話し込んでいた。一方、小籐次と駿太郎は朝稽古を考え、五つ半（午後九時）過ぎには床に就いた。

小籐次は眠りに落ちる前に七代目市川團十郎丈の風貌を思い浮かべた。だが、それも一瞬で、團十郎の顔が花火屋の緒方屋の作業場に泊まり込む俊吉の顔へと変わった。

よし、明日は朝稽古のあと、朝餉を食してまず八右衛門新田の花火屋に立ち寄り、俊吉の様子を見ていこうと考えた。

遠くから女三人のお喋りの声がかすかに伝わってきたが、内容までは分らなかった。だが、お夕が望外川荘の泊まりを楽しみにしていることは、生き生きとした声音で理解がついた。

家にいるとき、桂三郎は父親である前に錺《かざり》職人の師匠であった。桂三郎は決して弟子の娘に対して、怒鳴り声をあげるような師匠ではなかったが、厳しい教えはその態度や細かい作業に向き合う無言の手先の動きで十分にお夕に伝わっていた。ために父親ゆえの甘えなど己に許してはならないことをお夕は承知していた。

作業場の中にいるときは神経を張りつめていた。そんな日々が一月ほど続き、望外川荘にくるとおりょうにあれこれと悩みを訴え、お梅と世間話をすることでお夕は気持ちがほぐれ、一夜明けた朝には穏かな気持ちで父親であり、師匠でもある桂三郎と母親のお麻のもとへと、小籐次と駿太郎に送られて戻っていくのだった。とはいえ今晩は、格別に月二度目の泊まりだった。

小籐次は、明日は駿太郎とお夕と途中で別れ、一人で八右衛門新田を訪ねたあと、二丁町《にちょうまち》の中村座の座元を訪ねようと考えたところで眠りに落ちた。

翌朝、小籐次と駿太郎は来島水軍流の正剣十手の形稽古を望外川荘の庭で繰り返した。二人は真剣を使ったが、駿太郎は孫六兼元と上様から拝領した備前一文字派の則宗の両刀を使い分けて稽古をした。

並みの体付きの十二歳ならば、業物の則宗など手に持つことさえ重かろう。それを抜き打つなど不可能だが、駿太郎は物心ついたときから小籐次の稽古を見よう見真似で覚え、六、七歳の折から小籐次の指導に耐えてきた十二歳だ。なにより実父の須藤平八郎の六尺豊かな偉丈夫の血を引き、すでに養父の小籐次の背丈をはるかに追い越していた。それだけに則宗を扱う仕草と手が段々と慣れてくるのが小籐次にも分った。

朝稽古を終わり、湯殿で水を浴びた小籐次と駿太郎は、お夕とともに朝餉を食して、クロスケとシロに見送られて望外川荘を出た。

櫓は駿太郎が握っていた。

「駿太郎、父を小名木川の稲荷様のところで下ろしてくれぬか」

「八右衛門新田の花火屋に参られますか」

「俊吉どのの加減をな、見ておきたいのだ。駿太郎は夕を送って、先に久慈屋で仕事をしていてくれぬか」

昨日の夕餉の場でおりょうらに、駿太郎の乳母役をやってくれたおさとの舅とその倅の華吉のことは話してあった。

「俊吉さんが元気だといいですね」

「なんとかな、倅の華吉に花火造りのコツを教えて、華吉の造った花火を見られるとよいのだがな」

「きっと俊吉さんも華吉さんも頑張ってくれます」

と駿太郎が言い、

「父上、稲荷社のところから八右衛門新田まではかなり道のりがございます。南十間川のところまで送っていきましょうか」

「それでは夕の仕事に間に合うまい」

と小籐次が気にかけた。するとお夕が、

「お父つぁんは、赤目様のところは騒ぎやら相談ごとがあれこれと持ち上がるので、そのような折は、駿太郎さんに無理に願い、送ってもらわなくともよい。少しくらい遅れてもかまいません、と言っていつも望外川荘に送り出してくれます」

「ほう、桂三郎さんがそう申されたか」

小籐次はしばし考え、

「ならば駿太郎、わしを花火屋の緒方屋まで送ってくれぬか。おお、そうじゃ、お夕、遅れるついでというては、桂三郎さんに甘えているようだが、そなたも花火屋を見ていかぬか。花火造りの名人だった俊吉どのが命を張って、倅や昔の弟子に花火造りの技を教える場を少しでも見ることは、女職人を目指すそなたにとっても得難い経験かもしれぬでな」

小籐次は、お夕に緒方屋の作業場を見せることにした。

そうなると駿太郎の櫓にも力が入り、流れに乗って一気に小舟は小名木川の合流部に達し、稲荷社を横目に万年橋を潜った。さらに小名木川を東に向けて進んだ。

夏の陽はすでに三竿《さんかん》にあって、今日も暑い一日だということを教えていた。高橋《たかばし》、新高橋と潜って南十間川の合流部に駿太郎は小舟を止めて、三人は八右衛門新田の田圃の中にある花火屋緒方屋の見える河岸道に上がった。

「こんなところに花火屋さんがあるんだ」

お夕が珍しそうに辺りを見回した。

「火薬を扱うでな、人家から離れた場所に設けられるのだ」

「赤目様、華吉さんは名人と言われた俊吉さんの倅さんでしょ。俊吉さんは元気なうちに倅に技を継がせようとはしなかったの」

　とお夕が小籐次に聞いた。

　昨日、小籐次が話してないことがあった。俊吉が腕を失う事故は華吉のしくじりが原因しているということだ。

　お夕も娘ながら父親の錺職を継ごうと修業中の身だ。俊吉と華吉親子の関わりは、自分のことと重なり合ったゆえにそんな疑問が生じたのだろう。

「夕、昨夕話さなかったことがある」

と前置きした小籐次が俊吉、華吉親子に起こったことを掻い摘んで説明した。

お夕は小籐次の話を聞いて、驚きの顔をして、

「華吉さん、責任を感じているんだ」

　と呟いた。

「であろうな。だがな、夕、父親に対して責めを感じるならば、必死になって一人前の花火職人になるように努めるのが道ではないか。そなたならば、分ろうな」

　小籐次の言葉に頷いたお夕が、

「華吉さん、名人のお父つぁんに怪我をさせたことで自信を失ったのかな」

「わしも親方や周りもそう見ておる。こたびのことが自信を取り戻すきっかけになればよいのだがな」

三人は田圃のあぜ道を歩いて緒方屋の裏口に着いた。小舟を着けた場所が違うので裏口に着いたのだ。すると、

「華吉、わしのいうことが分らぬか」

という俊吉の声が聞こえ、激しい咳が続いた。声を必死で絞り出すために咳が出るのであろう。

「お義父つぁん、水を飲んで少し休みましょうよ。まだ日にちはあるのよ、そう二人して焦らないで一つひとつ丁寧にやっていったらどう」

明るい声はおさとのものだ。

不意に裏口の戸が開き、親方の六左衛門が姿を見せた。そして、小籐次ら三人の姿を見て、ぺこりと頭を下げた。

「俊吉どのは焦っておるようだな」

「へえ、思うようにいかないようですね」

「おさとさんがいうように少しばかりだが日にちはある。親方、すまぬが辛抱強く待ってくれぬか」

「赤目様が仰る言葉じゃありませんや。わしら全員が心を一つにしなければできないことだ」

と言った六左衛門が、

「赤目様、親子に会っていかれますか」

「そのつもりできたのだがな、会うのはまたにしよう」

と小籐次が言った。

「親方、わしの倅は承知じゃな。この娘じゃが、わしらが住んでいた芝口橋の長屋の差配の娘でな」

と前置きして錺職人の父親の弟子として修業をしていることを告げた。

「親父どのも錺職では名人と呼ばれるような技量の持ち主だ。女弟子はどこもとらぬでな、父親が娘を育てることにしたのだ」

「なんと娘の錺職人ですかえ。そりゃ、大変でしょうね」

と六左衛門がお夕を見て、小籐次に言った。

「親子と師弟のかかわりが交じり合ってお互い悩んだ時期もあったようだが、近ごろでは作業場に入った途端、師弟の間柄に徹して頑張っておる」

「そうでしたか、娘さんだって親子の感情を乗り越えたんだよ。華吉もね、命を張って名人の言葉を聞いてくれなきゃあね」

「聞こうとはしないか」

「いえ、聞こうとはしています。だが、いまのところ、わだかまりから一歩をね、踏み出していませんな」

と六左衛門が言った。

「ぎりぎりまで待ってみようではないか。病人が頑張っているのだ、われらが辛抱できないわけはあるまい」

「へえ、赤目様方が案じて見えたことはおさとさんだけに伝えておきましょう」

小籐次は六左衛門の言葉に頷き、駿太郎とお夕を伴い小舟のところへ戻っていった。

小籐次は日本橋川の江戸橋手前の小網町河岸の堀留に架かる思案橋で小舟を下りた。

「駿太郎、夕を送ってな、遅れたことはあとでわしが詫びにくると桂三郎さんに伝えておいてくれぬか」

と言った。すると、駿太郎より早くお夕が、

「赤目様、うちは大丈夫ですよ」

と笑顔で言った。

「わしは昼までには久慈屋に戻るでな」

と言い残した小籐次が思案橋を渡りながら振り向くと、駿太郎とお夕が乗った小舟は楓川《もみじがわ》へと入っていこうとしていた。駿太郎とお夕が何事か話をしている光景は姉と弟そのものだ。

小籐次は二丁町堺町にある官許三座の一つ中村座の前に立ち、中村座の座紋角《すみ》切銀杏《きりいちょう》を染め出した櫓幕《やぐらまく》のかかった芝居小屋を眺めみた。

江戸時代の芝居見物は一日がかりだ。

明け六つ（午前六時）に始まり、日が沈む前の七つ半に終わった。ために芝居ちゅうも芝居小屋の中で立ったり座ったり、馴染みの客は鼠木戸《ねずみきど》から表に出て、また戻ってきたりした。

「おや、だれかと思ったら酔いどれ小籐次様ではございませんか」

と木戸番が声をかけてきた。

「いかにも赤目じゃが、どこで会うたかのう。近ごろ齢をとって物忘れがひどくなった。忘れておったら謝る」

と小籐次が告げると、

「酔いどれ様とわっしは知り合いというわけではございませんでな。いつぞや、市村座で酔いどれ様が岩井半四郎丈と舞台に立ちなさったとき、見物していた者ですよ」

「なに、中村座の木戸番どのにも恥知らずの行いを見られたか。出来ることなれば忘れてほしい話じゃがな」

「恥知らずどころか五代目半四郎丈と堂々の掛け合い、見事でございましたよ。とても初めて舞台に上がられたお方とも思えませんでした」

「汗顔の至りじゃぞ」

と応じた小籐次に木戸番が、

「芝居見物ですかえ」

と質した。

「いや、座元どのにお目にかかりたいのじゃが、すでにお出でだろうか」

「へえ、ぐるりとね、楽屋口のほうにお回り下さいまし。楽屋口の右奥に座元部屋がございましてね、おられますぜ」

と教えてくれた。

小籐次が役者衆の声やお囃子《はやし》が聞こえる小屋裏でうろうろとしていると、楽屋口から次々に役者衆と思える粋な形《なり》の人が出てきて、別の役者衆が入っていった。

「すまぬが座元に会いたいのじゃがな」

と裏口の木戸番に願うと、

「芝居見物ならば表の鼠木戸からだぜ」

とこちらではあっさりと表を顎で指した。

「いや、芝居見物ではのうて、座元どのに会いたいのじゃがな」

「座元とか、なんのかんのいってただで芝居見物しようったってできませんぜ」

「そうではござらぬ」

と押し問答していると、

「おや、赤目小籐次様ではございませんか。座元とお約束ですか。では私が案内しましょう」

と役者と思える黒羽織が楽屋口から座元部屋へと案内してくれた。小籐次の知っている芝居小屋は市村座だけだ。

「座元、赤目小籐次様をお連れ致しましたよ」

と親切に案内してくれた役者と思える人物が声をかけると、暖簾の中から、

「だれだって」

という声がした。

「すまぬ、ちとお目にかかりたい」

「だれだか知らないがお入りなさい」

との許しの声に、邪魔を致すと暖簾の前で次直を抜いて座元部屋に入った。

当代の中村勘三郎は初老の人物で、手に筆を持って文を認めていた。

「おまえ様は」

と言った中村勘三郎が、はて、といった表情で首を傾げた。

「赤目小籐次と申す」

「な、なんと酔いどれ小籐次様のご入来でございますか」

と驚きの表情を見せた。

「座元どのに用事ではないのだ。七代目市川團十郎どのから深川の三河蔦屋の旦那を通じて会いたいとの伝言があったのだ」

「おお、赤目様は三河蔦屋の後見、先代の三回忌の折、成田屋は赤目様と義兄弟の盃を交わしたと喜んでおりましたな。そうですか、成田屋が赤目様に頼みごとをしましたか」

と中村勘三郎は思い当たる節がある様子だった。

「成田屋の出番は昼過ぎでしてな、まだ楽屋入りしておりますまい」

「座元どの、それがしで役に立つことなれば、なんでもしとうござる。そのために知っておくべきことがござろうか」

小籐次の言葉に中村勘三郎はしばし思案していたが、

「私が間に入るより赤目様と成田屋はすでに義兄弟の間柄、じかにお聞きになるのがよかろうと思いますがな」

「ならば、どうすればよろしゅうござろうか」

「ちょっと考えさせてくださいな」

と言った中村勘三郎が、

「おお、大変なことを忘れておりました。赤目様は過日、公方様にお目どおりをなされたとか。いまや赤目様のことを上様も無視できませんようですな、なんにしても目出度いことにございます」

「座元、それがしはただの研ぎ屋でござる。公方様のお召し出しに値すべきことはなにもしておらぬがのう」

「とんでもないことですぞ。『御鑓拝借』騒ぎを持ち出すまでもなく、つい最近では、強葉木谷に巣食う卑弥呼なる妖怪を退治なされたそうな。上様が赤目小籐次様に関心を持たれるのは当然のことでございますよ」

と言った。

「座元どの、成田屋さんの舞台が終わる刻限、こちらに戻ってこようか」

と小籐次が話をもとへと戻した。

「いえ、芝居小屋で話すことではございますまい。出来ることなれば、明日の朝のうち、七代目が望外川荘に訪ねていくのはなりませぬか」

と中村勘三郎が応えた。座元と成田屋の間には、人目につかぬところで会うのがよいという合意がなっているのではないかと小籐次には思えた。

「それなれば、それがし望外川荘の茶室にて成田屋どのとお会いするということでようござるか」

「茶室ですか、結構でございます」

「して、およその刻限は」

「五つ（午前八時）過ぎではいかがですかな」

「相分った」

と小籐次は了解すると座元部屋を辞去した。

小籐次が芝口橋の久慈屋に戻ってきたのは、昼の九つ（正午）の頃合いであった。すると駿太郎が独りでせっせと刃物を研いでいた。帳場格子の昌右衛門と観右衛門の二人に会釈した小籐次は、視線を駿太郎に移して尋ねた。

「駿太郎、夕の遅れを桂三郎さん、怒りはしなかったか」

「いえ、私とお夕姉ちゃんが事情を説明しますと、桂三郎さんはしばし考えられたあと、『赤目様にお考えがあってのこと。どうやらお夕、そなたにとっても大切な体験になりそうだな』といわれて、それ以上は」

「なにも言われなかったか」

「はい」

「ならば本日の帰りに新兵衛長屋に立ち寄ってわしからも詫びをいうておこう」

「父上、新兵衛さんの風邪もだいぶよくなっておりました」

「なによりなにより」

「父上のもう一つの御用は終わりましたか」

「いや、明日、先様が須崎村にお見えになる」

と言った小籐次は、

「いささか遅くなったが、仕事を始めようか」

と研ぎ場に座った。

そんな様子を昌右衛門と観右衛門が黙って見ていた。

第四章　義兄と義弟

一

小篠次と駿太郎はこの日、七つ半に仕事を終えた。明日、望外川荘を訪ねてくる七代目市川團十郎の接待の仕度もあろうと考えたからだ。

おやえに願い、菓子を尾張町一丁目の菓子舗で購ってもらっていた。

父子が菓子包みをもって昌右衛門と観右衛門に挨拶して船着場に下りると、読売屋の空蔵がすでに乗り込んでいた。

「わしの小舟は船宿の猪牙《ちょき》ではないがのう」

「話があるんだよ」

空蔵が険しい口調で言った。

「直ぐに終わる話かな」

「おめえさん次第だな」

と空蔵が答えた。

「わし次第か。致し方ない、駿太郎、櫓を願う」

駿太郎に小舟の櫓を漕ぐように命じた小籐次は空蔵の前に腰を下ろした。そして、しばし沈思し、

（おお、そうか両国の花火の一件を調べてきたか）

と空蔵の顔を見た。

「なんぞ調べがついたか」

「なんの調べだよ。おりゃ、おまえさんの手下じゃねえぞ」

「ほう、本日はなかなか強気じゃのう」

小籐次が駿太郎を振り返った。

「桂三郎さんのことならば、大丈夫と思います、父上」

「そうか、ならばこの次に会うたときに詫びようか」

今朝方、お夕を送っていくのが遅くなった件を帰りに立ち寄り詫びようと考え

ていたが後日に回すことにした。そして、ふたたび空蔵を見た。

「両国の花火の一件でなにか調べがついたのではないか」

「花火だと、ふざけるねえ。酔いどれの旦那よ、おれをなにも騙《だま》すことはないじゃねえか」

「騙すだと。わしに覚えはないがのう」

「花火なんぞに勿体《もったい》ぶって注意を向けといて、おめえさんはよ、他の一件で動いているだろうが」

と空蔵が喧嘩腰で言った。

しばし間をとってなんのことかと思案した。だが、空蔵が関心を示すようなことに小籐次は思い当たらなかった。

「わしの本業は研ぎ屋じゃぞ。こちらに差し障りが出ておるのだ。あれこれと好き好んで手出しなどしておらぬがのう」

小籐次は空蔵を見た。すると空蔵も小籐次を睨み返し、

「おめえさん、今朝方どこに立ち寄ったよ」

と質した。

「どこに立ち寄ったといって川向こうの八右衛門新田に駿太郎と夕を伴い、訪ね

たところはある。それで夕を父親の、いや、昼間は師匠じゃな、桂三郎さんのもとに届けるのが遅れてしもうた。それがどうかしたか」

「八右衛門新田だって、馬鹿抜かせ。そんな話じゃないよ」

「さあてな、その他に」

と言った小籐次は、

（まさか七代目市川團十郎の一件を空蔵が承知であろうか）

と言葉を途中でとめて、思案した。

「思いあたるんじゃないか。酔いどれの旦那よ、中村座に座元の中村勘三郎さんを訪ねたな」

「おーおー、よう承知じゃな。わしの思い付きは、だれも知らないはずだがのう」

「思い付きだと。おりゃ、まさかおまえさんが成田屋と義兄弟とは知らなかったぜ」

「義兄弟な。あれは三河蔦屋の先代の三回忌法要の席での座興じゃ、成田屋さんも本気にした話ではあるまい」

「そうかえそうかえ。酔いどれの旦那、おまえさん、成田屋さんのことをどれほど承知だ」

「どれほど承知もなにも、三河蔦屋さんの法要の席で会ったのが最初で最後じゃ。ちょうど二年前の今ごろのことであったな。古人曰く、光陰矢の如しとは真のことじゃな」

「なにが光陰矢のごとしだ。今朝、成田屋さんに会ったのだろ」

「いや、座元の中村勘三郎どのに会っただけだ」

「なんの話だ」

「空蔵よ、そなたに一々わしの用事を告げねばならぬのか。わしとて野暮用もある」

「野暮用とはなんだ」

「おりょうがな、芝居見物がしたいというで、座元さんに桟敷《さじき》を一つとってもらえぬかと頼みに参ったのだ」

小籐次は空蔵の魂胆が分らないので、虚言を弄した。

「違うな」

空蔵がえらくはっきりと小籐次の言葉を否定した。

「どう違うというのだ」

「成田屋は厄介ごとに巻き込まれていなさる。それでよ、義兄弟のおまえさんに力を貸してほしいと頼ったのではないか」

「成田屋どのが厄介ごとにとな、わしは知らぬな。どういうことだ」

と小籐次は反論した。

「ほんとうに知らねえのか」

小舟は江戸の内海に出ていた。

顔をなぶる海風が心地よかった。空蔵がなにを承知か吐き出させるにはどうしたらよいか、小籐次は思案した。知らぬ存ぜぬで押し通すしかあるまいと考えた。

「最前もいうたが、三河蔦屋の先代の三回忌で会うたのが最初で最後、わしは成田屋さんの齢も知らぬぞ。そう、あの感じでは三十二、三かのう」

こんどは空蔵が考え込んだ。

駿太郎は内海の岸沿いにゆっくりと小舟を進めていた。西に傾いた陽射しが海を黄金色にきらきらと輝かしていた。

「寛政三年生まれゆえ、三十五歳だよ」

空蔵がぽつんと言った。

どうやら小籐次と七代目市川團十郎に深い付き合いはないと考えたようだ。だが、どこかで小籐次を信じられないでいる迷いも顔にあった。

もはや小籐次は最前考えた線で押し通すしかないと思った。

「やはりな、成田屋どのは若いゆえ、年寄りのわしを立てて義兄弟とあの場で呼んだのだろうな」

「ほんとになにも知らないな」

「知らぬというたら知らぬ。空蔵さんや、もののついでだ。成田屋どのになにが起こっているか話してみぬか。須崎村に着くまでわしはかように手持ち無沙汰ゆえな」

こんどこそ小籐次の言葉を信じてみようと考えたか、空蔵が遠くを眺めるような眼差しで話し出した。

「六代目が急死したのは、ただ今の七代目が九歳の折だ。翌年、なんと十歳で七代目市川團十郎を襲名しなさった」

「ほう、剣術ではそうはいかぬな。十歳でいきなり市川團十郎襲名か」

「なんたって四歳で初舞台、六歳にして『暫《しばらく》』を河原崎座で演じたほどだ。むろん代々の團十郎の真似ごとから始めたが、七代目は新たな解釈を加えて、今では七代目は荒事の本家と評されるようになったんだよ」

「さすが成田屋さんだのう」

「成田屋を芝居の大名題にしたのは、七代目の豪快な気風と、それでいて男の色気が漂う風情よ」

「いかにもいかにも、わしもそんな感じを三河蔦屋の法要の場で感じたな。おりょうは帰りの舟で、團十郎丈は細やかな気の遣い方をなさる人というておったがのう」

小籐次の言葉に空蔵がいったん頷いて続けた。

「一方で芝居仲間には厳しくてな、五代目松本幸四郎丈とも、三代目の尾上菊五郎丈とも口も利かぬほど不仲だったんだよ。数年前にはよ、松本幸四郎と尾上菊五郎と和解して共演したこともある。だがな、人間というもの、そう簡単な生き物じゃないからね、芝居で共演してもよ、気持ちは別ものだ、ふだんは仲がよいという間柄じゃないね」

「名人同士は並び立たぬというからのう。で、なにが起こっておるのだ。團十郎丈に」

「派手な言動がな、町奉行所に目をつけられているらしい」

「とはいえ、人気者の役者が派手な言動をとったくらいで町奉行所が動いて、なんぞの罪科《つみとが》を押しつけるわけにもいくまい」

「だからよ、七代目には味方も多いが敵も多いということよ」

「なんだか曖昧な話じゃな」

「このところどんな演目を演じても七代目の芝居に精彩がないと、芝居通の間で悪い評判が流れているんだよ」

「ほう、それはどうしたことか」

「おれも数日前に見た。たしかに芝居に迷いが感じられたな。役に徹してねえせいか、すっきりした気分にしてくれねえんだよ」

小籐次は空蔵が意外と芝居通であることに驚いた。だが、読売屋は世間で起こる様々なことに関心を持たねば務まらぬ商売とも思い直した。

「それは困ったな。じゃが、芸の迷いばかりはご当人が悩み苦しんで乗りきるしかあるまい。そうではないか」

「そこだ。この空蔵、三座の裏方なんぞに知り合いがいるんだがね、中村座の衣装方がさ、芝居を見たあと、おれに洩らしたんだ。成田屋さんはたれぞに脅されているんじゃないかってね。そこでおれがさ、酔いどれの旦那が中村座を訪ねたと知って、成田屋の一件だな、と睨んだわけよ」

空蔵の勘が当たっているかどうか明日にも分ろうと思った。だが、この段階で空蔵にそれを明かすわけにはいかなかった。なにしろ相手は当代一の人気役者だ。人気者に醜聞はつきものだが、場合によっては役者生命を絶つことになるやもしれなかった。

「空蔵さんよ、わしは芝居より両国の花火を案じておるのだ。おりょうらも川開きの花火は楽しみにしているでな」

小籐次は空蔵の関心を七代目市川團十郎から両国の花火に持っていこうとした。

「花火は上がってなんぼ、一両が一瞬にして咲いて散る。だがよ、花火を読売で書いたところで、だれも読みはしないぜ。花火は見るもんでな、読むもんじゃないからな」

「その花火のウラにちょっといい話があったらどうだな」

「酔いどれの旦那、なにか知っているのか」

「ないこともない。十日ほど待ってくれぬか。そしたら、そなたに手伝ってもらいたいことができよう」

「読売ネタだな」

「読売ネタかどうかは知らぬ。人ひとりの命がかかった話だ」

「ほう、面白そうだな、もう少し話を聞かせてくれないか」

「いまは話せぬ。だが、ときがくればそなたの手伝いなしには、この花火、打ち上げられぬでな。楽しみに待っておれ」

小籐次の言葉に空蔵は思案していたが、

「よし、待とうじゃないか」

と応じ、

「すまねえ、駿太郎さんよ、両国橋でおれを下ろしてくんな」

と願った。

両国橋の西詰めで空蔵を下ろした駿太郎はふたたび小舟を上流へ、須崎村へと向けた。

「父上、明日の仕事はどうなさりますか」

駿太郎が物思いに耽る小籐次に尋ねた。

「おお、そのこともあったな。だが、望外川荘にとあるご仁が参られる」

「市川團十郎様ですか」

「空蔵との話を聞いて察したか」

「はい。母上が中村座の芝居を見にいくとは聞いておりません」

「空蔵に知られたくなくて虚言を弄したのだ」

「父上、明日は私一人で久慈屋に参り、できることをやります」

「駿太郎、このところそなたばかりに負担をかけておる。真に相すまぬ」

「父上を頼りになさるお方がおられるのです」

と駿太郎が答えた。小籐次は返す言葉がなかった。


翌朝、小籐次とおりょうは不酔庵に七代目市川團十郎を迎えた。躙戸《にじりど》を開けて席入りをした團十郎に小籐次が声をかけた。その顔は重い疲労と不安がにじんでいた。

「よう、お出でなされました」

黙したまま團十郎が頷くと、おりょうがすでに点前座にあって目礼で客に挨拶した。

「成田屋どの、おりょうが一服差し上げたいと申しておる。そのあと、お話を聞かせてもらおう」

小籐次の言葉に團十郎が頷き、床の掛け軸を眺めた。

沙羅双樹とも呼ばれる夏椿の白い花が描かれ、女文字で、

「浮雲遊子意」

の五文字が書かれていた。

「おお、先代三河蔦屋様の法要の折、赤目様が朗詠された李白の詩の一行にございますね。おりょう様の手にございますか」

「はい。わが亭主があの席で朗詠した五言と沙羅双樹の花を組み合わせて遊んでみました。本日、三升様がお見えになると聞いて初めて掛けてみました」

おりょうは團十郎を俳号で呼び、軸を掛けた経緯を告げた。

「なによりの持て成しにございます」

市川團十郎の疲れた顔が和んだ。

おりょうは客の團十郎に一服を点《た》てると静かに不酔庵から退出していった。

「成田屋どの、それがしがなんぞ役に立つことがござろうか」

「赤目様、一期一会に頼って厚かましくも望外川荘にお邪魔致しました」

「團十郎どの、われらは義兄弟でござったな。年長ゆえこの赤目小籐次が義兄、ならば義弟の悩みをなんなりとこの年寄りにお話しくだされ」

小籐次の言葉に促された市川團十郎の口からその悩み事があふれ出た。

それは空蔵の推量どおり、いささか厄介な話であった。いや、それ以上に面倒なことであった。

團十郎の話は半刻に及んだ。話し終わったとき、團十郎の顔はさらに暗く、疲れたものに変わっていた。

しばし沈思した小籐次は、

「團十郎どの、この赤目小籐次に話した以上、もはやそなたは悩みを忘れて芝居一筋に専念してくれませぬか。中村座の新しい出し物『東海道四谷怪談』の民谷伊右衛門は、そなたにとって大事な役になるのではと、芝居好きから聞かされました」

「おお、赤目小籐次様になんぞ思案がございますか」

「いや、思案というべきものはござらぬ。そなたを脅しておるご仁が南町奉行所の与力どのならばなんとか話し合う手立てはないこともない。奉行どのも存じ上げておるゆえな」

「赤目様はいつぞや六百両もの大金を御救小屋に寄進なされましたな」

市川團十郎はそのことも承知で小籐次に相談を持ち掛けたのであろう。

「まあ、縁がないこともない」

と応じた小籐次が、

「相手が千両を求めておる日にちは明後日でよろしいかな」

「はい。五つ半の刻限に女子《おなご》の住まいに受け取りに参るそうです」

「團十郎どの、女子の住まいはどちらですかな」

「柳橋そばの浅草下《しも》平《へい》右衛《え》門町《もんちょう》、黒板塀の庭に赤松がすっくと生えた家ゆえ、直ぐに分ろうかと存じます」

「相分りました」

「お頼み申します」

團十郎が深々と頭を下げた。

市川團十郎が待たせていた屋根船で望外川荘を去るのを見送ったあと、小籐次は不酔庵に戻った。するとおりょうも戻っていた。

「成田屋さんのお話はいかがでしたか」

「まあ、女子のからんだ話じゃが、その女子の後ろに控えているご仁が厄介であろうな。いくら七代目市川團十郎どのとて町方には逆らえぬでな」

官許の芝居三座は、当然町奉行所支配下にあった。その与力に弱みを握られたとなれば、芝居に没頭するのは無理だろう。

「成田屋さんであれば女子衆が群がり寄ってまいりましょう。なにもさような性悪な女子に引っかからずともようございましょうに」

「男というもの不思議な生き物でな。團十郎どののように手だれでもついそのような女子に手を出してしまうのであろう」

「あれまあ、男の気持ちをようお分りでございますな。酔いどれ様にもさような気持ちがございますので」

「おりょう、わしを七代目と比べるなど無益な話よ。わしは甲羅を経ただけ男心が分ったような気がするだけじゃ」

「よう、りょうの問いをはぐらかされましたな」

と笑ったおりょうが、

「それでこれから南町奉行所に乗り込まれるのでございますか」

「この一件、正面からいっては迷惑をかける方々が出よう」

「となれば、八辻原の女子に相談なされますか」

「おりょうはようも亭主の考えまで読みよるわ。まずはあちらに相談してみようか」

小籐次とおりょうは外出の仕度のために不酔庵から母屋に戻った。

二

八辻原の丹波篠山藩江戸屋敷の門番とはもはや小籐次は馴染みだった。

「おや、赤目様、中田様かおしんさんに会いに参られましたか」

と訪いの相手まで察していった。もっとも二人以外に小籐次は、主が老中を勤める篠山藩江戸藩邸の家臣に用事があることはない。

「いかにも新八どのとおしんさんにお目にかかりたいのじゃが、おられようか」

門番は玄関番の若侍に小籐次訪問を告げにいった。すると若侍が小籐次を確かめ、

「赤目様、こちらへ。二人には直ぐに知らせ申す」

と供待部屋で待つように招いた。

小籐次は馴染みの供待部屋に入った。するとほどなく老中青山忠裕の密偵二人が姿を見せた。

「赤目様、またなんぞ身辺に騒ぎが起こりましたか」

新八が笑みを浮かべた顔で言った。

「頼み事で恐縮じゃが、知恵を借りたい」

「赤目様と私どもは相身互いの間柄ではございませんか。赤目様が己の頼みを私どもに持ち込むことはありますまい。こたびはどなた様に願われました」

おしんは、小籐次の願いごとにいささか興味をもった言い方をした。

「七代目市川團十郎丈からの頼み事でな」

小籐次は二人に直截《ちょくせつ》に願い人の名を告げた。

「おうおう、赤目様は成田屋と知り合いでございましたか」

「三河蔦屋の先代の三回忌法要の場でな、成田屋さんと義兄弟の契りを交わしたのだ。とは申せ、酒の勢いでな、そうなった」

おしんは嬉しそうに笑った。

「赤目様の身辺、なかなか多彩な方たちがいらっしゃいますね。それで成田屋からの頼み事はなんでしたか」

「おしんさん、艶聞じゃな。とある女子と懇《ねんご》ろになったら男が現れて脅しをかけられ、千両の金子を要求されたという話だ。俗にいう美人局《つつもたせ》じゃな」

團十郎から聞いた経緯を二人に事細かに告げた。

「女子と情を交わして千両ですか。さすがに七代目市川團十郎丈といいとうございますが、この程度の騒ぎならば赤目小籐次様が間に入られれば直ぐに手打ちができましょうに」

おしんが答え、

「もしかしたら相手が悪うございますか」

と気づいたように言った。

「そうなのだ。南町奉行所の役人どのでな」

小籐次はそう答えながら、過日は北町奉行所の年番方与力から頼まれて、「水死」までする羽目になった、このところ北町、南町と奉行所に関わる騒ぎが多いな、と訝《いぶか》しく感じていた。それだけ江戸町奉行所の内部も腐敗しているのであろうか。

「お待ち下さい。赤目様は南町なれば昵懇の間柄、奉行の筒井紀伊守様ともお知り合いではございませんか」

「おしんさん、こたびの一件、わしが南町と親しいゆえに却ってやり難い。その者たちの力を借りれば、あちらに面倒が降りかからぬとも限らぬ。それにな、七代目は、この一件を極秘のうちに納めることを願っておられる」

「役者は人気商売ですからね、妙な噂は流されたくないでしょうね。つまり千両といわないまでもなにがしかの金子を払ってもよいと成田屋さんは申されておりますか」

「それはわしが止めた。一度相手に甘い汁を吸わせれば、第二第三の成田屋さんが出てこようでな。いや、この一件、すでに前例があるやも知れぬ」

小籐次の言葉に二人が頷き、新八が問うた。

「もしや赤目様のよくご存じの役人どのですか」

「いや、知らぬ。そのお役も姓名も初めて聞いた。非常取締掛与力石清水《いわしみず》正右衛門と申されるご仁じゃ」

「ほう、南の疫病神でしたか」

いきなり新八が反応した。

「なに、新八どのはこの者を承知か」

「父親の急死のあと、十二の折から与力見習に就き、十八歳で見習の二文字がとれたそうで、なかなかのやり手ですよ。与力のお役をあれこれと勤めたのち、二十数年前より非常取締掛に落ち着いておる人物でしてな、南町でいちばん老練な与力です。奉行の筒井様も正直悪清水《わるしみず》には手を焼いて、いえ、見て見ぬふりをしておられましょうな」

「なに、悪清水と呼ばれるほどのご仁か」

「たしか林崎夢想流の居合の達人とか。この非常取締掛というお役は非常の騒ぎが起こったさい、助け人を務める者です。ですが悪清水は、現場に出て強引に解決に導いた事件も二、三ではきかないとか。南町では嫌がられておりますが、履歴が履歴です。だれもなにも言わないし、だれ一人として悪清水に近寄らないようにしておるとか」

と新八が小籐次に説明すると、

「成田屋さんは悪清水と女に嵌《は》められたのではございませんか」

とおしんが尋ねた。

「成田屋の地位を不動のものとした七代目市川團十郎どのは毀誉《きよ》褒貶《ほうへん》相半ばする役者じゃそうな」

「文政の御世、千両役者の一番手でございましょう。役者仲間と仲たがいしておるとか。悪清水が目をつけてもおかしくございませんね。人気を気にする千両役者がお上に訴えるはずもない。訴えたところで悪清水に握りつぶされましょうからね」

「厄介な相手に目をつけられたものよ」

小籐次が呟くと、

「いえ、こたびの一件で悪清水の悪運は尽きたかもしれませんな。七代目市川團十郎丈と酔いどれ小籐次様が義兄弟であったことを知らなかった」

「さあて、わしがなにをできるか、新八どの、おしんさん、悪清水正右衛門の身辺を探ってみてくれぬか」

「承知致しました」

と二人が快く引き受けてくれた。

小籐次が久慈屋に着いたのは八つ半（午後三時）を回った時分だ。店先では駿太郎が研ぎ仕事を一心不乱にしていた。

小籐次は久慈屋を訪れる前に難波橋の親分を訪ね、

「過日下調べを願った一件、聞かなかったことにしてくれぬか」

と願っていた。すると秀次が、

「わっしもね、この話、どう赤目様に伝えたものかと迷っておりました」

と言った。

秀次はどうやら市川團十郎が陥った一件に南町の「悪清水」が関わっていると

摑んでいる様子だった。

「というわけだ。南町に無益な混乱を起こしてもなるまい」

と小籐次は秀次親分に詫びを言った。すると、秀次が、

「赤目様には損な役回りばかりが舞い込みますな」

と同情の顔で小籐次を見た。

「駿太郎、すまぬな。このところそなたにばかり働かせておる」

「父上、昨日からなんども同じことを申されております。御用はお済みになりましたか」

「二日はかかろうと思う。じゃが、ただ今は待つしか手はない」

と答えた小籐次は帳場格子の昌右衛門と観右衛門に挨拶した。

「またたれぞに頼み事をされたようですね」

と観右衛門が言った。

「まあ、そういうことでござる。わしは研ぎ屋を本業にしておるが、なにやらなんでも屋稼業に転じたようじゃ」

「いえ、赤目様の場合は人助け稼業でございますよ。駿太郎さんは父上の代役をきちんとこなしておられます。なんでもそうでございますが、仕事の数をこなす

ことでりっぱな研ぎ屋になりました」

「いや、まだまだ一人前の研ぎ屋ではござらぬ。わしが隣に座り、教え込まぬといかんのじゃが、他のことが忙しゅうてな、こちらにも迷惑をかけ、深川蛤町裏河岸界隈にも無沙汰しておる。やることは目白押しじゃが身は一つでままならぬ」

と嘆いた小籐次は少しでも駿太郎を手伝おうと研ぎ場に座った。

二人で一刻半（三時間）ほどせっせと研ぎ仕事に専念したので、ほぼ久慈屋と京屋喜平方の道具の手入れの目途はついた。

「駿太郎、本日仕上げが残った刃物は望外川荘に持ち帰り、あちらで仕上げよう」

と小籐次が言った。そこで久慈屋に断わり、砥石類と研ぎの要る道具を小舟に積み込んだ。それを見た観右衛門が、

「赤目様、そう急いで仕上げることもございませんぞ。本日、駿太郎さんが研いだ道具がありますでな、うちも京屋喜平さんもなんとかなりましょう」

「観右衛門どの、ちと考えがござってな。ご一統様、本日はこれにて」

小籐次はそう辞去の挨拶をした。

小舟が流れに乗ると小籐次が駿太郎に、

「これから八右衛門新田に寄っていかぬか」

と言った。

駿太郎は、父がそのことを気にかけていたかと気付いた。

「華吉さんが少しでも仕事ができるようになっているといいですね」

「俊吉どのが口伝えに教え始めて、まだ三日目であろう。まだ迷っておるのではないか」

と小籐次が応じて駿太郎が漕ぐ櫓に手をかけた。父子船頭になった小舟は夏の残照を背に一気に築地川に下り、江戸の内海に出た。

小籐次と駿太郎父子が八右衛門新田の花火屋緒方屋を訪ねると、仕事場を重い沈黙が支配していた。だれもどうしてよいのか分らぬようで手を拱《こまね》いていた。

「ああ、赤目様だ」

おさとがほっとした顔で小籐次を見た。

その傍らで元花火造りの名人俊吉は布団が敷かれた上で目を瞑《つむ》り、ぐったりとしていた。そして、だれより暗い顔付きをして前より一層自信を失って、どうしてよいか分らぬ顔をしていたのは倅の華吉だった。

小籐次は一目で緒方屋の状態がよくないことを見てとった。

「どうしたな、ご一統。この暑さでは花火造りも大変であろう」

と努めて明るい声で尋ねた。だれからも答えは返ってこなかった。

「おさとさん、舅どのの加減はどうだ」

「はい、ご覧になったとおりでございます」

おさとの返事に頷いた小籐次が六左衛門親方に視線を向けた。

「親方、俊吉どのが戻って未だ三日目じゃぞ。ご一統、いささか焦っているように見受けられるな」

「へえ」

と六左衛門が短く返事をした。

緒方屋の作業場が暗い雰囲気に満ちているのは、病人の俊吉が最後の力を振り絞って、花火造りのコツを教えようという必死さ、真剣さゆえだろう。だが、倅の華吉を始め、職人たちは俊吉の言葉が必死であればあるほど、咀嚼《そしやく》する余裕を失っているように思えた。俊吉を小籐次が連れてきて以来、昼夜を分たず花火造りに勤《いそ》しんでいるのであろう。

「ご一統にちと願いがある」

「どういうことですかな」

六左衛門親方が小籐次の言葉に問い返した。

「本日は仕事を止めなされ」

両眼を瞑ってぐったりとしていた俊吉が、

「酔いどれ様、もはや花火の宵まで日にちがない」

と言葉を絞り出すようにもらした。

「そう、残された日にちはそうはないな。だが、気の持ちようでな、そなたらが力を合わせればやりたいことをできる日にちは残されておる」

と小籐次が言った。

「まず今晩は仕事を忘れて、頭の中を空にしなされ」

だれからも返答はなかった。

「六左衛門親方、俊吉どの、今晩、華吉をわしの須崎村の家に連れていきたいがどうであろうな」

小籐次の思い掛けない提案に緒方屋の全員が驚きの顔をした。

「華吉がまず気分を変えることがなにより先決とみた。明日の昼には華吉をこちらに連れて戻る」

六左衛門はしばし沈思していたが、小籐次にうんうんと頷いた。

「俊吉どの、どうだな」

「おめえさんがそうしたいのならそうすればいい。この一件は赤目様が考えたことだ」

と俊吉は弱々しい言葉を吐いた。

「わしになんぞ名案があるわけではない。お互いがもう一度それぞれの立場で、ただ今なにができるか考えるときが要るような気がしてな」

小籐次の念押しに俊吉が頷いた。

「おさとさん、舅どのの面倒を頼む。この暑さじゃ、尋常の疲れではあるまい。今晩はなにも考えずに休ませてやりなされ」

小籐次がおさとに話しかけた。

「赤目様にご面倒をかけます」

「おさとさんや、わしが乳飲み子の駿太郎を抱えて困っておったときのことを思い出してくれ。おさとさんが駿太郎をわが子のように抱いて乳をくれた。そのお蔭でかように駿太郎も育った。わしらは互いが助けたり助けられたりするから、世の中が成り立っておるのではないか。おさとさん、そう思わぬか」

「は、はい」

「六左衛門親方を始め、そなたらは花火職人だ、仕事師だ。だがな、ただ今は皆の歯車がそれぞれ嚙み合っておらぬように見受ける。だれもが技をその腕に秘めておる。そいつをな、出し切れば俊吉どののいうことも形にできよう。それには今晩一晩、頭を休める要がある」

小籐次の提案を不審の顔で見ている職人衆もいた。だが、小籐次はそれ以上は説明せずに華吉を連れて小舟に戻った。

研ぎ道具が積まれた小舟の舳先に黙って乗り込んだ華吉をよそに小籐次は、

「いささか遅くなったが須崎村に戻ろうか」

と駿太郎に話しかけた。

「父上、南十間川から十間川に向ってよいですか」

「そうじゃな、柳島村の暗渠《あんきょ》から須崎村に出る堀を抜けようか」

と応じた小籐次は不意に華吉に問いかけた。

「華吉、花火職人になろうと思ったのは親父どのに命じられたからか」

「いや、おれが親父に頼んだのだ」

「つまりは自分が望んだ道じゃな。今ではそのことを悔いておるか」

小籐次の問いに華吉は答えようとはしなかった。

「まあ、そなたの顔付きを見れば返答は分る」

と言った小籐次は、

「わしと駿太郎は血が繋がっておらぬ。じゃが父子であることに違いはない。剣術も研ぎの技も櫓を漕ぐことも見よう見真似で駿太郎は覚えたのだ。そなたの父親は名人と呼ばれた花火職人ゆえ弟弟子たちもおる。そなたの面倒ばかり見ることはできまい」

華吉は黙り込んでいた。

駿太郎の漕ぐ小舟が須崎村の湧水池の船着場に戻ったのは、五つ前の刻限だった。その気配にクロスケとシロが竹林の中から飛び出してきて尻尾を大きく振って吠えた。そのあとに百助《ももすけ》とお梅が提灯《ちょうちん》を持ってやってきた。

「遅くなった。夕餉は食したか、百助」

「わしは済んだ。おりょう様とお梅は旦那と駿太郎さんの帰りを待っておる」

「それは済まぬことをしたな、お梅」

いえ、と応じたお梅が華吉を見た。

小籐次と駿太郎は研ぎ道具を各自もって小舟から船着場に上がった。

華吉は二頭の犬の出迎えと百助とお梅の姿に戸惑ったように小舟に残っていた。

「お梅、連れが一人おる。おりょうにそう伝えてくれぬか」

「はい、旦那様」

と答えたお梅が先に望外川荘に戻っていった。

百助の提灯の灯りに助けられて、小籐次らはクロスケとシロに纏《まと》わりつかれながら船着場に接した竹林を抜け、不酔庵に出た。その傍らを抜けたとき、広い庭の向こうに灯りを点した望外川荘が見えた。

おりょうが蚊遣りの煙が立ち上る縁側に立っていた。

「お帰りなされ」

おりょうの声に、

「連れが一人おる」

「お梅が膳の仕度をしております。三人して交替で湯に浸かりなさいませ」

との言葉に華吉が立ち竦《すく》んだ。そして、

「だれのお屋敷か」

と呟いた。

「うちの旦那様の住まいですよ」

華吉は、研ぎ屋が本業という小籐次が須崎村の百姓の借家にでも連れていくのかと考えていたのだろう。しばし言葉もなくその場に立っていた。

「華吉さん、湯殿に行きます」

研ぎ道具を縁側に置いた駿太郎は、口がいよいよ利けなくなった華吉の手を引いて湯殿に向った。

「おまえ様、花火職人の倅さんのようですね」

「今晩一晩、うちで休ませて気持ちを変えさせたいと思ったのだ」

おりょうは小籐次の一言で事情を察したようで、

「親父様はどうしておられます」

「病人は気力で生きておる。だがな、親方、弟子たちの皆が疲れ切っておるのだ。久しぶりに戻った倅吉の指図を華吉も他の職人たちも飲み込めぬようでな」

「それで華吉さんをうちにつれて来られましたか」

「ということだ」

「まずはおまえ様、湯に入りなされ。男同士、裸で話し合えば活路も見えてきましょう」

小籐次は頷くと屋敷を回って湯殿に向った。すると、華吉の戸惑ったような笑い声が湯殿から響いてきた。駿太郎となにか面白いことでも言い合ったか。この分なれば、ひょっとしたらと小籐次は思った。

三

華吉は久しぶりに熟睡した。夢も見ることなく百助の納屋と呼ばれる別棟で眠っていた。

朝になり、遠くから集中した人が醸し出す緊張感が伝わってきた。それでも眠り込んでいた。

昨夜、小籐次とおりょう夫婦に駿太郎、それにお梅の五人で箱膳を前に、夕餉を和やかに食した。

華吉にとってかような和やかな夕餉の風景は初めての経験だった。

酔いどれ小籐次こと赤目小籐次の名を知らぬわけではなかった。人の噂に大名行列に独りで斬り込んで、武家の体面というべき御鑓先を切り落とした武勇の侍と聞いていたが、なんと小柄な年寄りだった。そのうえ普段の稼業は、研ぎ屋だ

という。そんな酔いどれ小籐次が医師に、
「余命数月」
と宣告された親父を、昔働いていた緒方屋に舟に乗せて連れてきた。その曰く
は死ぬ前に、
「花火造りの技」
を華吉や兄弟弟子たちに伝えたいというのだ。
この話を聞いたとき、華吉は親父が命を張って一人前の花火職人に育てたいと
願っているのは、自分だと思った。
俊吉は三年前、火薬の調合中に爆発事故を起こして右手を失い、花火職人を辞
めざるを得なくなった。俊吉は、六左衛門親方にも周りにも自分の不注意で事故
を起こしたといっていたが、それは華吉の失態で起こった事故だった。それでも
俊吉は、
「わしの不注意じゃった」
と言い張った。だが、親方以下、仲間の職人たちも全員が華吉が原因の事故だ
と承知していた。
華吉は親父の俊吉が引退しても緒方屋の住み込み職人として残ることができた。

だが、名人と呼ばれた俊吉の引退は緒方屋にとっても致命的な痛手をもたらした。

俊吉は花火造りの仲間うちで、

「色と音の手妻師」

と呼ばれ、また俊吉の造る花火は、

「夜空に小判一両の夢」

を咲かせると評判の第一人者として認められていた。八右衛門新田の小さな花火屋に客の注文が入ったのは俊吉の、

「粋な色と音」

を求める客がいたからだ。

俊吉の造る花火の技量は緒方屋のだれにも継承されていなかった。

一方で六左衛門親方は俊吉独創の「色と音」の花火を倅の華吉だけは教えられているものと思っていた。

俊吉が引退する切っ掛けになった事故後、華吉は無口になった。名人の父が引退に追い込まれたのは自分のしくじりのせいだとだれよりも責任を感じていたし、それを仲間たちも承知していた。ために華吉は、花火造りの職人として自信を失い、事故をいつまでも引きずって悔いていた。

俊吉の引退は倅の花火職人華吉をダメにしたと同時に、「八右衛門新田の緒方屋の花火」の注文が減る結果を招いた。そうでなくとも時世は、「一瞬の花火のために一両」を支払う客を減らしていた。

今年の両国の花火を前に、注文は名人俊吉がいた時代の半分どころか一割五分に減っていた。それも一発一両の花火ではない、せいぜい一分の小玉花火の注文だ。このままでは八右衛門新田の花火屋緒方屋は、つぶれるしか途はなかった。

そんな折、酔いどれ小籐次が死にかけた親父の俊吉を連れて緒方屋に乗り込んできたのだ。緒方屋に四十発の花火の注文をして、内金として二十五両の包金まで払った。

小籐次が花火を大量に注文した条件は、以前緒方屋に働いていた俊吉が主導して花火をつくるというものだった。

一方、俊吉はこの機会に文字通り命をかけた。なんとしても独特の「色と音」の花火造りの技を華吉やその仲間の職人に伝えていきたいと、悲壮な覚悟をした。正直な気持ち、華吉の造った花火を見て死にたいと願って、小籐次の話に応じたのだ。

そんな小籐次や俊吉の気持ちとは裏腹に職人たちの大半は、

「死にかけた年寄り花火職人がどうしようというのだ、出番などないよ」

と冷たい眼差しで見ていた。

花火造りはその職人の独特の勘で、

「赤色から橙《だいだい》色」

の色彩と音で表現する芸だった。その色と音を失った緒方屋に死にかけの元職人が来てどうしようというのか。そんな言葉を何人もの仲間から投げられた倅の華吉は居たたまれない気持ちだった。と同時に、親父を引退に追い込み、八右衛門新田の花火屋をダメにした責任を感じて、

「このおれがなんとしても復活させねばならない」

という重圧のなかで空回りしていた。腕もつかえない、口もよく回らない俊吉も苛立っていた。華吉の前でさえ、

「酔いどれ小籐次がなんでよ、病人の元職人を作業場に運び込んできたんだよ。華吉、おめえにあの『色と音』の花火が引き継げるわけもねえよ。このおれたちだって分らないものを、ダメ職人が分るわけもねえ」

と吐き捨てる者もいた。

そんな折、ふたたび酔いどれ小籐次とその倅の駿太郎が八右衛門新田に現れて、暗く沈んだ緒方屋の作業場の空気を見てとると、このままではうまくいかない、沈滞した雰囲気を一新するために、明日の昼まで休みをとるようにと六左衛門親方を説得し、華吉を須崎村の家に連れて行ったのだ。

華吉には、なぜ酔いどれ小籐次、いや、研ぎ屋の爺侍がこんなことに首を突っ込むのか理解がつかなかった。

須崎村の家に連れていかれた華吉は、大きな屋敷にびっくり仰天した。

研ぎ屋の爺と倅がこんな大きな屋敷に住めるのか。さらに驚いたのは研ぎ屋の女房がまともに眼を合わせられないほどの美形で、上品な武家方の出の女子だったことだ。

夕餉の前に駿太郎と湯に入り、華吉は、

「この屋敷はだれのものだ」

と尋ねていた。

「父上と母上のものだと思いますけど」

「研ぎ屋ってのは、そんなに稼げるものなのか」

華吉が訝しい顔で尋ねた。

「父上は包丁一本研いで四十文くらいかな。でもときに研ぎ代を貰わないこともあります。私の場合、まだ十文です」

「そんな研ぎ代でこの屋敷が」

と茫然とした華吉に、

「どうしてでしょうね」

駿太郎が答えたところに小籐次が湯殿に入ってきた。

「父上、華吉さんがこの望外川荘は父上の屋敷かと尋ねておられます」

「だれもが驚くであろうな。華吉が疑いを持つのも無理はない。裏長屋に住んでおったわしと駿太郎は、おりょうが住んでいたこの屋敷に転がり込んだ。すべて成り行きでな」

華吉はおりょうの持物かと得心した。

風呂のあと、用意されていた浴衣《ゆかた》を着た華吉は、さっぱりとした気分で膳の前に座った。

「華吉、今宵は花火造りのすべてを忘れよ。じゃが、酒を飲む前に言うておきたいことがある。事が起こったのをいつまでもくよくよと悔いておるのはよきことでない。却って事態を悪くする」

小籐次の言葉に華吉がはっ、という表情を見せた。

「自分たちはなにを為そうとしているか、それを考えることが大事なのだ。そなたの親父どのは花火造りの名人と言われたそうな。わしは俊吉どのの造った花火を見たことがない」

しばし小籐次は間を置いた。

「一方、そなたの親父どのも自分の技をそなたに伝えきれなかったことを悔いておられる。余命わずかと医者に宣告された親父どのの願いは、そなたが造った花火を見ることだぞ。よいか、華吉、ここにおる駿太郎は、そなたの義姉のおささんの乳によってここまで大きく育ったのだ。わしらにはおさとさんに恩義がある。これがこたびのことにわしと駿太郎がお節介した曰くだ。分るか、ここまでの話は」

小籐次の念押しに華吉がこくりと頷いた。

「そなたは俊吉どのの血を引いている。職人は技を一々口移しに説明などしまい。傍らから黙って見ながら盗むものであろう。そなたはすでに俊吉どのの技は承知なのだ。己は気付いておらぬようだがな。親父どのを引退させた事故のことが頭に居すわっておるでな。このことを忘れよとはいわぬ、また忘れてはならぬ。だが、ただ今、大事なことはなにか今晩考えてみよ」

と述べた小籐次がちろりを手にすると、華吉の膳に置かれた盃に酒を注いでくれた。そして、

「おりょうもわれらに付き合ってくれぬか」

とこの屋敷の女主人の盃に注ぎ、おりょうが、

「旦那様にも」

とちろりを小籐次から受け取り、注ぎ返した。

「華吉、よう望外川荘に参ったな。花火は江戸の華、粋でなければ夜空に美しく咲くまいぞ」

と言った小籐次が盃の酒に口をつけ、

「おお、うまいな」

と言い、おりょうと顔を見合わせ、微笑み合った。

そのとき、この屋敷の主は赤目小籐次なのだ、と華吉は直感した。

華吉は、はっとして目を覚ました。

（ここはどこか）

きょろきょろして辺りを見回した。ああ、望外川荘の別棟だ。

駿太郎が昨夜就寝前に、

「華吉さん、私と同じ部屋に一緒に寝ましょう」

と誘ってくれたが、

「駿太郎さん、おれはこんなお屋敷では眠れそうにない。別棟に寝かせてくれんか」

と願ってこちらに寝た。

最前から伝わってくる険しい緊張は現《うつつ》だったのか。

華吉は急いで昨日着てきた普段着に換えると気配のほうへと屋敷を回っていった。するとそこでは赤目小籐次と駿太郎父子がほんものの刀を使い、稽古をしていた。

（これは）

華吉は昨夜とは全く違う顔を見せた小籐次と駿太郎の動きに釘付けになった。剣術などなにも知らなかった。だが、父子の集中する稽古に言葉を失った。

世間で酔いどれ小籐次と持てはやされる人物の真の姿がここにあると思った。

また十二歳と聞いた駿太郎の体の動かし方と刀の扱いも、ほんものだと思った。

来島水軍流の正剣十手の形稽古が一瞬のようでもあり、長い刻限続けられたようにも華吉には思えた。その間、ただ二人の動きを凝視し続けた。

「お早う、華吉さん」

駿太郎に声をかけられて華吉は、はっとした。いつの間にか稽古が終わり、小籐次の姿は庭になかった。

「どうですか、剣術の稽古は」

「初めて見た」

「華吉さん、刀を持ってみますか」

駿太郎が差し出したのは、備前一文字派則宗だった。

「持っていいのか」

華吉は駿太郎が差し出す抜身をおずおずと手にして、

「重いな。駿太郎さんはこの刀をああ自在に振り回すことができるのか」

「稽古を重ねていけば刀を動かすべき筋が見えてきます」

「驚いた」

華吉は正直な感想を述べて刀を駿太郎に返した。もしこの則宗が駿太郎が公方様から拝領した剣と知ったら、華吉は腰を抜かしたかもしれなかった。

駿太郎は黙っていた。

朝餉のあと、華吉はもう一度赤目父子に驚かされた。

縁側に二つ研ぎ場を設け、小籐次と駿太郎は職人が使うと思われる道具の手入れを始めた。二人の間に会話はほとんどない。だが、互いに信頼で結ばれた技の流れで、道具に見事な研ぎがかけられていく。

華吉は、

(駿太郎さんが赤目様から手の動きを学んだように、おれは親父から学んだであろうか)

と思った。

(おれはダメだ。酔いどれ様はおれがすでに親父の技を承知しておるというたが、かように真剣に花火を造ったことはない)

小籐次と駿太郎の研ぎ仕事は一刻半ほど続き、

「駿太郎、ご苦労であった」

という言葉で望外川荘の縁側での仕事が終わった。

「華吉、研ぎ仕事もなかなか大変であろうが」

「赤目様、おれは、おれは」

小籐次のかけた言葉に華吉が泣き出した。

「華吉、涙を流すのはこの場だけにせよ。次に泣くのはそなたの花火が大川の上の夜空にきれいな花を咲かせたときじゃ。われら一家も見物に参るでな」

「は、はい」

と華吉が答えた。


小籐次と駿太郎は華吉を伴って、南十間川のそばの八右衛門新田の花火屋緒方屋を訪ねた。

俊吉は緒方屋の庭にある葉桜の下の日蔭で茣蓙《ござ》を敷いて寝ていた。その傍らでは俊吉の女房のおなんと、嫁のおさとが洗濯物を干しながら病人の様子を見ていた。

「赤目様、駿太郎さん、お世話をかけました」

おさとが小籐次らに気付いて声をかけた。そして、二人に従う華吉の表情を見て、

（なにか変わったわ）

と思った。

その華吉が俊吉のそばに行き、

「親父、加減はどうだ」

と尋ねた。

俊吉がゆっくりと眼を開いた。

「変わりはねえ」

「親父、おれが一から花火をこさえてみる。見てくれないか」

と華吉が願った。

しばし沈黙していた俊吉が、

「おさと、華吉、おれを起こせ」

と命じた。

駿太郎が動きかけたのを小籐次が制した。

倅と嫁の二人に起こされた俊吉は傍らにあった竹杖にすがるようにして作業場に入っていった。

「駿太郎、参ろうか。わしのお節介もこれまでじゃ」

「はい」

二人が南十間川の土手下に止めた小舟に戻ったとき、六左衛門親方が走ってきた。

「赤目様、あの二人、花火を造る気ですぜ。華吉があんな顔付きをしているのを久しぶりに見た。どんな手を使いなされた」

「親方、一夜をわが家で過ごしただけじゃ。この先は親方と職人衆の頑張りにかかっておるぞ」

「へえ、分ってますって」

「わしはこれから花火代の残金を頂戴に参る。あとで残りの金子を駿太郎に届けさせよう」

「わしは酔いどれ様から十分に代金を頂戴していますよ、残りの金子なんていらねえよ。だがよ、四十発の注文じゃがキリが悪いや。十発は、わしの赤目様への気持ちだ。きりよく五十発は造りますぜ」

と親方が言った。

小籐次は五十発では江戸の夜空を彩るには足りないと感じていた。だが、

「二十八日の宵、楽しみにしておるぞ」

とだけ言った。

「へえ」

「おお、忘れるところであったわ。読売屋の空蔵なる者がそなたを訪ねてくるやもしれぬ。八右衛門新田の花火を読売で書き立てたいでな。いかぬか」

「酔いどれ様、なにからなにまで申し訳ない。礼の言葉もありませんぜ」

六左衛門親方が腰を折って頭を下げた。

「鍵屋玉屋ばかりが花火屋ではない、俊吉どのにもうひと働きしてもらいたいでな」

「酔いどれ様の想いがわしにはとくと伝わりましたよ」

六左衛門親方の言葉に送られて小籐次と駿太郎は小舟を南に向けた。

「父上、三河蔦屋さんに参られますか」

「曰く付きの四斗樽が売れたかどうか気にかかるでな。ちょっと挨拶に立ち寄って参ろうか」

しばし櫓を漕ぐことに専念していた駿太郎が、

「俊吉さんの技を華吉さんが継がれますよね」

「わしは俊吉どのの花火を見たことがないで、なんともいえぬ。だが、こたびのことがきっかけになり、華吉が精進いたさば一、二年後には江戸の花火を背負って立つ花火職人になっていよう。そう祈るばかりじゃ」

「父上、大丈夫です。父上の人助けがまた一つ増えました」

「で、あればよいがのう」

親子は夏の陽射しの中、深川の堀をのんびりと進んでいた。

四

小籐次と駿太郎父子が久慈屋に着いたのは八つ過ぎだった。八右衛門新田の花火屋に華吉を送っていったあと、三河蔦屋に立ち寄ったために仕事をするには遅過ぎる刻限だった。そのうえ小籐次を待っている人があった。

小籐次の顔を見た観右衛門が、

「店座敷に人がお待ちですよ、赤目様」

と知らせた。

「申し訳ないことをした。あちらこちらに寄り道をしていたのでな、かように中途半端な来訪になった」

小籐次はなんとなくだれが待っているか、予測していた。

「駿太郎、すまぬが研ぎ上がった道具を京屋喜平さんに届けてくれぬか」

「あれやこれやと忙しい最中、やはり望外川荘で仕事をしてこられましたか」

と聞く観右衛門に、

「いささか事情がありましてな、あちらで仕事を済ませました」

と答え、店座敷に通った。

果たして小籐次が予測したとおり、待っていたのは町人の女風に装った老中青山忠裕の密偵おしんだった。

「おしんさん、待たせたようだな」

「赤目様、だれからも頼りにされるのは分りますが身は一つですよ」

おしんが忠言した。

「分っておるのだが、こたびのことは自分から首を突っ込んだことでな」

と言い訳した。

「いよいよよくないことですね。となるとこちらの一件は、今晩にも決着をつけたほうがよさそうですね」

「さすがにおしんさん、早業だな」

小籐次とおしんの話し合いは半刻に及び、おしんは久慈屋の裏口から姿を消した。しばし間をおいて小籐次は久慈屋の店先に戻ってきた。すると国三に手伝ってもらったのだろう、研ぎ場が二つきちんと設けられていて、駿太郎はこの界隈のおかみさん連に頼まれたと思われる包丁の手入れをしていた。駿太郎の傍らにはかなりの研ぎを要する包丁が置かれていた。

「駿太郎、手伝おう」

小籐次は研ぎ場に畳まれてあった前掛けをかけた。

「父上、奥の御用はお済みですか」

「今晩が山かのう」

駿太郎が研ぎ場に腰を落とした小籐次の顔を見て、

「父上はこちらに残られますか」

「おりょうにそう伝えてくれぬか」

「承知致しました」

と返事をした駿太郎はふたたび包丁研ぎに戻った。

小籐次は駿太郎名指しの研ぎ注文の包丁の一本を手にとり、

「ほうほう、これはなかなかの古強者、何年も研ぎなどしておらぬな」

と言いながら手入れを始めた。

この父子、手入れを始めれば職人衆が使う道具であれ、裏長屋の独り者のばあさんの年季の入った古包丁であれ、手を抜くことなく研ぎ仕事に没頭した。

「旦那様、おしんさんの頼み事はなんでございましょうな」

久慈屋の帳場格子で若い昌右衛門に老練な大番頭観右衛門が小声で尋ねた。

「大番頭さん、こたびの一件、赤目様がおしんさんに願ったのではございませんか。なんとなくそのような気がします」

「言われてみれば、赤目様の振舞いもそのように見受けられますな。それにしても赤目様を頼りにする方々が多うございます。これではいかに天下無双の赤目小籐次様といえども身が持ちません」

「とは申しても、私どもができることはなにもございません。ただ案じながら見ているだけです」

「頃合いを見てうちのご隠居と大山《おおやま》参りなどに行かれると、気がまぎれるのではございませんかな」

「隠居は喜びましょうが赤目様のほうはそうはいきますまい」

と昌右衛門が答えたところに、久慈屋の店先に読売屋の空蔵が立った。

「ほれ、ご覧なされ。一つが終わればまた別の用事を持った人が赤目様のもとに参られます」

帳場格子のなかで久慈屋の若い旦那と大番頭が自分のことを話しているとも知らず、小籐次が訪い人を見上げた。

空蔵が小籐次の前にしゃがみ込み、

「夏枯れなんだよ。江戸は不景気でさ、読売をにぎわすネタがないんだ。なにかないか、酔いどれ様よ」

と小籐次に話しかけた。

小籐次は研ぎの手は休めず尋ねた。

「両国の花火はどうなった」

「ダメだ、ダメだ。このご時世でね、景気のいい話がないんだよ。花火屋には注文が入らないんで、今年は参加を取りやめようかというところもある。両国の花火といえば、夏の幕開けなんだがな」

「花火の宵が迫っておるというのにそれでは景気がつかぬな」

「つかねえな。酔いどれの旦那よ、どーんと一発でかい花火を打ち上げてくれないか」

空蔵が当てにはしていないという顔で小籐次に言った。

研ぎの手を休めた小籐次が考え込んだ。

「なんだよ、研ぎ屋を辞めて花火屋に商い替えか。いいか、花火は、ぱあっと上がったと思うと、艶《あで》やかな花をさかせて一瞬で消えていくんだぜ。たった一発の花火の値が一両だ」

「どなたか知らぬが、『一両が花火間もなき光哉』と詠んだそうだな」

「ほう、野暮天の酔いどれ小籐次様が、宝井其角《たからいきかく》の五七五を承知か。そのとおり、一瞬で一両が花と咲き、花弁が散るように消えていくのが江戸の花火だ。大川の両岸から『玉屋！』『鍵屋！』の掛け声の中、上がる花火が少ないんじゃ今年の夏はダメだな」

と空蔵がぼやいた。

「空蔵どの、江戸の華の花火に肩入れして賑わせてみぬか」

「どの、がついたな。それが出来ればな」

「ちと話がある」

「なに、酔いどれの旦那が花火に本式に関わるって話か」

「店先ではなんだ。久慈屋さんの店座敷を借りて、ちとそなたに相談したきことがある」

　空蔵はじいっと小籐次の顔を見ていたが、

「どうやら本気のようだな」

「いつもそなたの読売にわしの名を使われて恥の上塗りをしている赤目小籐次じゃが、こたびはわしから売り込む」

「ほう、話を聞こうじゃないか」

　と小籐次の前にしゃがんでいた空蔵が、

「久慈屋の旦那様、酔いどれの旦那の注文なんだ。店座敷をお借りするわけには参りませんか」

　と声を張り上げた。

　昌右衛門が観右衛門と顔を見合わせ、

「赤目様のところだけは千客万来ですね」

「旦那様、千客万来と申されてもたったの二人ですよ」

「その二人から大きな打ち上げ花火が上がりそうな気がしませんか」

　昌右衛門の返答に観右衛門が頷き、

「空蔵さん、どうぞ店座敷をお使いなされ」

　と許しが出て、前掛けを外した小籐次が黙したまま二人に一礼した。

おしん、空蔵と続けざまに話し合いの場に久慈屋の店座敷を借り受けては、礼の言葉も小籐次は思い付かなかった。

小籐次と読売屋の空蔵の話はやはり半刻以上も続いて、空蔵が顔を紅潮させ、懐をしっかりと両手で抑えながら帳場格子の二人に挨拶するのも忘れて出ていった。

しばらくして小籐次が姿を見せたときには、駿太郎は頼まれた包丁の研ぎをほぼ終えていた。

「今日も駿太郎の稼ぎにわが家は頼っておるな」

小籐次が自嘲めいた口調で言った。

「いいではありませんか。しっかり者の倅様が稼ぎをなし、親父様を助ける。麗しい光景ですよ」

観右衛門が言った。その言葉に頷いた小籐次は、

「駿太郎、帰りに八右衛門新田に立ち寄ってくれぬか」

と願った。その言葉で駿太郎は理解した。

「過日、酔いどれ様に包金を渡したで七十五両が残金です」

三河蔦屋では四十七個の四斗樽が百両で捌けたと大番頭の中右衛門がいい、包金を渡そうとした。

「大番頭どの、四斗樽はいくら上酒というても、中身は二両二分程度でござろう。あの四斗樽は貰いものゆえばらばらの銘柄じゃ。三河蔦屋は卸問屋の元締め、いくら売り先があるというても押し付けはなるまい。わしはあの貰いものが百両もの大金になるとは考えてもおらぬ。すまぬが半々の五十両、すでに二十五両は頂戴しておるであと包金一つ、二十五両を頂戴致そう」

と三つの包金の一つを受け取ろうとした。

「いかにもあの四斗樽、銘柄も醸造地もばらばらでしたな、ふつうならば卸し難い品じゃ。じゃが、これは天下の酔いどれ小籐次様に関わる曰くつきの上酒の四斗樽ですと言うと、だれもが値以上で買ってくれました。酔いどれ小籐次の名の偉大さを改めてしらされましたぞ」

「そんなはずはなかろう」

「知らぬは酔いどれ小籐次様ばかりなり。それにな、旦那様もわしも酔いどれ様がこの金子をなにに使うか承知しておるのですぞ。江戸の夏を華やかにして景気を付けようという酔いどれ小籐次様から上前をはねたとあっては、三河蔦屋十三代目の名折れになりましょう。この七十五両は赤目様のものじゃ」

中右衛門が小籐次の手に強引に包金を握らせた。

「では、有難く頂戴する。十三代目にな、今年の緒方屋の花火をぜひ見物してほしいと、それがしが願っていたと伝えて下され」

「おお、うちの店子の俊吉が命を張って最後の花火造りをしているのですよ。酔いどれ様、もちろん見させていただきますよ」

と中右衛門が大きく頷いた。

三河蔦屋から受領した七十五両のうち、包金一つは空蔵に渡した。二十八日の宵までに何度か刷る読売の費えにするためだ。

小籐次は残った包金二つ五十両を帰りに八右衛門新田に立ち寄り、届けるように駿太郎に願ったのだ。

「ならば本日は華吉さんの顔を見ていきます」

と言った駿太郎が、

「おしんさんとの仕事はどれほど日にちがかかりましょうか」

「そうじゃな、今晩じゅうにはケリを付けたい。いつまでもどなた様かを悩ませておくわけにもいくまいでな」

と小籐次が言い、駿太郎が、

「明日は望外川荘に直に戻られて一日お休み下さい」

と言い残すと久慈屋の帳場格子から奉公人にまで挨拶して船着場に下りていった。

久慈屋の広い店土間の一隅に研ぎ道具が片付けられて積まれてあった。駿太郎は明日も久慈屋で研ぎをなす心積もりのようだった。

「赤目様、立派な倅様に育たれましたな」

観右衛門がしみじみとした声音で小籐次に語りかけた。

「親父のほうが未だふらふらしておるな」

「そう申されますな。上様拝謁の祝に大名諸家や幕閣の方々から頂戴した四斗樽、やはり深川の三河蔦屋さんで売り払われましたか。その金子で赤目様は、なんぞしようと考えておられる。私どもはその宵を楽しみにしておりますよ」

と観右衛門がおぼろげに小籐次の企てを察している口調で言った。

「今宵は新兵衛長屋に泊まる」

「おしんさんとの話し合いの件を今晩決行なされますか」

「そうなりそうじゃな」

「空蔵さんの読売を楽しみにしておりましょうかな」

「大番頭どの、この話、外に漏れることはないでな、空蔵さんも勝五郎さんも知らぬ話でござる」

「相分りました」

という観右衛門の声に送り出された小籐次は、芝口橋を渡りながら久慈屋の船着場を見たが、もはや駿太郎の乗った小舟の姿はなかった。


小籐次が新兵衛長屋の木戸を潜ると新兵衛は未だ柿の木の下で仕事をしていた。その前に勝五郎が立ち、新兵衛に叱られていた。

「下郎、未だ明るいというに一日仕事もせずに厠ばかり通いおって、いかなる魂胆か」

「おい、新兵衛さん、おれだって仕事があればよ、なにもおめえさんの前を通り、厠なんぞ行きたかないや。暇だからよ、小便に行っているんだよ」

「白昼になんたる下卑た言葉か、もはや我慢がならぬ。赤目小籐次が次直の錆にしてくれん」

と研ぎ場に見立てた筵《むしろ》の上によろよろと新兵衛が立ち上がろうとした。

「お待ち下され、赤目小籐次様。下々の者を相手にしては天下の赤目小籐次様の名が廃《すた》りましょうぞ。それがしがこの者にとくと言い聞かせますからな、お許し下され」

どぶ板を踏んで駆け付けた小籐次が新兵衛をなだめると、

「おお、いかにも下賤の者を相手に赤目小籐次、愚かにも激高致した。仲裁は時の氏神というでな、どなたか知らぬが、そなたに免じて許して遣わす」

「有難き幸せに存ずる」

と一礼した小籐次がなにかを言い掛けた勝五郎の手を引いて、

「勝五郎さんや、湯屋に行こう。今なれば仕舞い風呂に間に合おう」

と宥めた。

「くそっ、おれの姿を見るたんびに新兵衛さんめ、絡みやがる。呆けた年寄りと思うているからよ、我慢しているがおれの忍耐も限りがあるぞ」

「まあ、勝五郎さん、そう申すな。わしなど名まで盗まれておるのじゃぞ」

「そこだよ、ややこしいのはよ。いまから湯だって、なんとなく空蔵が仕事を持ってきそうなんだがな」

「本日は来ぬな。まあ、一日二日我慢を致せ。わしが頼んだ仕事がまとまれば勝五郎さんのところに必ず姿を見せるでな」

「なに、酔いどれの旦那が空蔵に仕事をくれたって。珍しいな」

「曰くがあってな。どうだ、湯のあと、魚田《ぎょでん》で一杯やらぬか」

「おお、そうこなくちゃ」

二人は各々の部屋に戻ると湯の仕度をした。

「おい、桂三郎さんも誘うか」

と長屋の薄い壁の向こうから勝五郎が言った。その言葉に小籐次は過日、お夕が望外川荘から帰りが遅れたことを詫びていなかったなと思い出していた。

「もはや仕事は終わっていような」

「おお、この夕暮れの光では仕事はできないよ」

桂三郎とお夕の親子にして師弟の仕事は錺職だ。こまかい細工ゆえに障子ごしの光が大事だった。

ならばと二人で木戸口を出ると、お麻とお夕が新兵衛を迎えに行こうとしていた。

「あら、赤目様。今晩はこちらにお泊まりですか」

とお麻が尋ねた。

「ちと野暮用があってな。長屋に泊まることになった。桂三郎さんはもう湯は済んだかな」

「いえ、これからです」

「ちょうどよい。われら、加賀湯で待っていよう」

「爺ちゃん、どうする」

とお夕が言った。

「ま、待った。新兵衛さんと湯屋でいっしょか。ううーん」

勝五郎が唸った。

「勝五郎さん、いつも叱られ役を務めて頂いて相すみませんね。今晩はうちで湯あみをさせます。赤目様と勝五郎さん、うちの亭主の三人でたまにはのんびりしてきて下さいな」

とお麻がまず二人を送り出してくれた。

小籐次と勝五郎が加賀湯に駆け込むとおうみが、

「いらっしゃい」

と二人を迎えてくれた。

「直ぐに桂三郎さんがくるからよ、湯を落とすのはしばし待ってくんな」

と勝五郎が願い、二人は急いで汗を搔いた単衣《ひとえ》を脱ぐとかかり湯を使って湯船に飛び込み、

「ふうっ、生き返ったな」

と勝五郎が小籐次を見た。

小籐次は駿太郎の小舟は今ごろどこを進んでいるかと、夏の残照のなかに櫓を漕ぐ十二の倅を思った。

第五章 夏の夜の夢

一

九つ（午前零時）の時鐘が鳴った直後、小籐次は芝口新町の新兵衛長屋で目を覚まし、枕元に用意していた木綿の単衣と筒袴を身につけ、しばし考えた。そして、念のために京屋喜平の職人頭円太郎が小籐次のために造ってくれた革足袋に新しい草鞋《わらじ》を履いた。さらに竹とんぼ二本を差し込んだ破れ笠を手にした。

一連の行動はすべて暗闇の中で行い、次直を手に水甕《みずがめ》の水を柄杓《ひしゃく》で飲んだ。

昨夕、加賀湯で勝五郎、桂三郎と仕舞い湯に浸かり、いささか汚れた湯でそれでもさっぱりとした三人は、帰りに馴染みの魚田の屋台に立ち寄った。そこで親父の留三郎を交えて魚田を菜に酒を二合ばかり飲んで長屋に戻ると、ほろ酔いの気分で早々に眠りに就いた。

桂三郎は、

「赤目様、うちで夕餉を食しませんか」

と誘ってくれたが、

「いや、久しぶりの魚田をたっぷりと食した。年寄りはこれ以上夕餉を頂戴すると腹が張って夜中に目をさます。気持ちだけ頂戴しよう」

と床に就いたのだ。

腰高障子を静かに開閉してどぶ板が真ん中を抜けた路地に出ると、足音がせぬようにそっと木戸口に向った。

長屋の住人の鼾があちらこちらから響いていた。

木戸口を出ると汐留橋に向った。

わずか二刻（四時間）前まで魚田の屋台でばか話をしていた汐留橋際には、一艘の舟が待ち受けていた。

丹波篠山藩江戸藩邸の小者が船頭を勤める舟だった。

「赤目様で」

「かような夜中にご苦労であるな」

と労《ねぎら》った小籐次は、小舟に乗り込んだ。

「赤目様、柳橋までしばし時がかかります。胴の間にどてらが用意してございます。横になっていかれませんか」

どうやらおしんの心遣いらしい。

「そのような無遠慮ができようか」

「おしんさんから『酔いどれ様の体を少しでも休ませておいて。そのときのためになるから』との言付けがございましたぞ」

やはりおしんの心遣いだった。

「これまでおしんさんがこの年寄りを労《いた》わったことがあったかのう。珍しいこともあるものよ」

五十路を過ぎて無理が利かなくなった。ここは素直におしんの親切に応えるべきだと小籐次は小舟の胴の間にごろりと横になった。小舟の揺れと川風がなんとも気持ちよい。水上のせいで蚊もいなかった。

揺れに身を任せていると、すとん、と眠りに落ちた。

「赤目様」

と小者に声をかけられたとき、神田川の河口に架かる柳橋に到着していた。

そのとき、團十郎が小籐次に訴えたことをいま一度思い出していた。

南町奉行所非常取締掛与力石清水正右衛門は仲間たちに、

「南の疫病神」

とか、

「悪清水」

と呼ばれて嫌われているそうな。

(そうか、おしんさんは悪清水の腕が尋常ではないことを承知し、このわしを少しでも休ませておこうと小舟にどてらを用意したのか)

小籐次は察しながら目当ての家を探した。

柳橋の北側に黒板塀に見越しの赤松がすっくと立つ、小体な家を小籐次は見つけた。この家の女主お慶は、牢屋奉行世話役同心黒崎美津五郎の女房だった。だが、亭主は所帯をもって一年足らずで、何者かに刺殺されていた。

牢屋奉行の世話役同心は牢内の管理いっさいを行い、役目柄囚人との諍《いさか》いが原因で、牢から出た者に報復されることもないことではなかった。ために黒崎美津五郎を殺《あや》めたのもかつて牢屋にいた者ではないかと当初推量されて探索が行われた。だが、そのような者は一人として絞り込めなかった。

一方お慶は亭主のいなくなった黒崎家をさっさと出たと思ったら実家に戻らず、なんと下平右衛門町の妾宅めいた家に住まいして、芝居三昧の贅沢な暮らしをしているという。そして、この妾宅のような家に悪清水が出入りしていることを突き止めた南町奉行所探索方は、黒崎美津五郎を殺したのは悪清水ではないかと推量しているという。

黒崎が刺殺された技が首筋から胸にかけての鮮やかな一撃だったからだ。この必殺技は黒崎の得意技だった。だが、これだけでは南町の老練与力悪清水を捕縛する理由には到底ならない。

そんな折、こたびの七代目市川團十郎脅迫の一件が老中青山忠裕から密かに南町奉行筒井紀伊守政憲に伝えられたという。むろん青山に小籐次からの相談を伝えたのは密偵の中田新八とおしんだ。

この黒崎慶、歳は二十歳だがどう見ても十七、八にしか見えず、楚々とした美形だという。

七代目市川團十郎の話によれば、この一年余り團十郎の芝居には必ず見物にきて、なにやかにやと贈り物をおいていくそうな。そんなこんなで團十郎が使いを立てて芝居小屋の近くの料理茶屋で礼を申し述べることにした。

七代目はこれまで頂戴した物品からして、それなりの年増《としま》女と推測していたが、なんと娘娘した美形だった。好色家の七代目は食指が動かされた。その夜、何事もなく別れたが、二度目の折に柳橋の家に招かれ、

（どこぞの大家の隠居か旦那の妾）

かと判断した。

團十郎は相手の誘いに乗って情を交わした。その後も幾たびか逢瀬を重ねた。不意に南町奉行所の疫病神こと石清水が市川團十郎に文を寄せて、会いたいと言ってきた。

七代目とて官許の芝居三座を監督する町奉行所の与力を無視したわけではなかった。だが、悪清水の評判を承知しているだけに簡単に誘いに乗ることをしなかった。すると、悪清水は黒崎慶の名を記した文を寄越し、

「慶は未だ牢屋同心の嫁であり、そのような女子と情を交わすことは天下の成田屋七代目市川團十郎とて許されることではない」

と糾弾してきた。また、

「黒崎慶がそのほうからの文を幾通も所持していることをそれがしは承知だ。その南町奉行所与力石清水正右衛門が間に入って、無難に別れさせよう。その

ためにいささか金子が要る」

との脅し文が芝居小屋に届けられたのだ。そして、

「黒崎慶との手切れ金として千両を浅草下平右衛門町の家に届けよ、こたびの書状を無視するならば、町奉行所が調べに乗り出すと同時に、読売に、七代目市川團十郎が黒崎慶に宛てた文を載せさせてもよい」

と通告してきたのだ。

團十郎は一人でこの脅しを始末しきれず、中村座座元の中村勘三郎に相談した。

すると話を聞いた勘三郎は、

「七代目、悪い相手にかかわりなさったな。南町の悪清水、そのうえ牢屋同心の後家ときては厄介極りございませんぞ。これは悪清水が企てた美人局《つつもたせ》、七代目はそれに引っかかったようです」

と七代目の悩みが芝居にまで悪い影響を与えていることを指摘し、

「こうなれば、もはや手は一つしかありますまい」

「座元は千両を払えと申されるので」

千両役者の市川團十郎だとしても千両は法外の大金だった。

「値切って半金の五百両を渡したとしても、後々また同じような脅しが繰り返さ

れましょうな」

「では、どうなされと」

團十郎が苦悩の顔で中村勘三郎を見た。

しばし沈思した勘三郎が、

「七代目は、酔いどれ小籐次様と義兄弟と申されませんでしたか」

「はい。先代三河蔦屋の三回忌の法要の席で、酒を酌み交わし、さような話は致しました。ですが、あのとき以来、赤目様とはお会いしておりません」

「七代目、酔いどれ小籐次というお方、義理堅く人情に篤いご仁と聞いております。お二人が出会う切っ掛けになった三河蔦屋さんの当代を通して赤目小籐次様にお会いなされ」

中村勘三郎に知恵を付けられた團十郎は、須崎村の望外川荘不酔庵を訪れることになったのだ。

相談を受けた小籐次は、南町奉行所の与力石清水正右衛門の身辺の調べを老中青山の密偵おしんと新八に願った。新八とおしんの二人は主に小籐次からの相談を報告した。そこで青山は城中で南町奉行筒井政憲と極秘に面談し、今夜の行動になったのだ。

小籐次は黒崎慶の家を確かめると、いったん柳橋の袂に戻った。

もはや小籐次を乗せてきた舟の姿はなかった。その代わり、手拭いで顔を半分隠したおしんが、

「赤目様、ご苦労にございます」

と言いながら姿を見せた。

「石清水某《なにがし》は黒崎慶の家におるのだな」

「悪清水は八つ半（午前三時）には迎えの舟で八丁堀に戻ります。あと半刻ほどはお慶と閨《ねや》をともに致しておりましょう」

「さあて、石清水はどう致したものか」

「成田屋を脅したこたびの一件を阻止したところで、禍根をあとに残すことになります。私どもの調べでも悪清水と黒崎慶の美人局は、この成田屋が初めてではございません。南町奉行の筒井様としては、石清水の悪事が表に出ぬ前に密かに始末したい所存だそうでございます」

「おしんさん、いくら南町の疫病神というても人ひとり殺めるのは簡単なことではないぞ」

「とくと承知しております。ですが、このお役目赤目様しか果たすことはできま

せん。赤目様は南町と昵懇の間柄ではございませんか」

「奉行所内で始末が出来ぬのか」

「赤目様、できぬゆえ赤目様に願っております。それに」

「それになんだな、おしんさん」

「この話、義弟の市川團十郎様が赤目様に願った話ではございませんか。南町奉行の筒井様はこたびの一件にかぎり、すべて黙認されるとわが殿に申されたそうです」

小籐次はしばし間を置いて尋ねた。

「黒崎慶はどうする」

「こちらはお任せを。團十郎丈がお慶に出した文は、見つけ次第焼却してしまいます」

と老中青山忠裕の女密偵が約定した。

しばし小籐次は沈思した。だが、名優市川團十郎を蘇らせる方策は一つしかないように思えた。

(致し方ないか)

小籐次は胸の中で呟き、決断した。

「赤目様、悪清水の迎えの舟は、両国橋を潜った辺りで引き止めておきます」

とおしんが言った。

「相分った」

もはや小籐次はそう返事をするしかない。

小籐次は柳橋の袂で独り四半刻ほどを過ごした。すると八つ半前の刻限、黒板塀の門が開き、一つの影が姿を見せた。

背丈は五尺七寸余か、小太りのがっちりとした体付きだ。酒は一滴も嗜《たしな》まないと聞いていたとおり足の運びはしっかりとしていた。

まず石清水正右衛門とみて間違いなかろう。

小籐次は、そのとき、神田川柳橋下の船着場に下りる河岸道の柳の陰に身を潜めていた。

石清水が石段の前で足を止め、舌打ちをした。迎えの舟が来ていないことに怒りを感じてのことであろう。

夜風が小籐次の頬を撫でた。

柳の木と身を同化させるように気配を消していた小籐次が、そよりと動いた。

石清水の視線が小籐次を捕えた。

「何者か」

「南町奉行所非常取締掛石清水正右衛門じゃな」

「だれか」

「奉行所内や巷で、疫病神あるいは悪清水の名で通っておるそうな」

「いかにも南町の石清水じゃが、そのほう、何者か」

と三度質した。

その瞬間、小籐次の破れ笠の縁に差し込まれた竹とんぼが川風に、くるりと回った。

そのとき、石清水の体に驚きが走った。

「なんと、赤目小籐次か」

「いかにも赤目小籐次にござる」

「酔いどれ小籐次よ、『御鑓拝借』の勇者よ、と世間でちやほやされてうぬぼれておるようじゃな。この石清水に何用か」

小籐次はしばし間を置いた。

「成田屋の頼みでな」

「なに、酔いどれと成田屋は知り合いか」

「深川惣名主の三河蔦屋の先代の法事の席で酒を酌み交わし、われら義兄弟の契りを約した」

「酒を飲んでの座興がどうかしたか」

「座興であれ、わしと成田屋が交わした義兄弟の契りじゃ。その義弟に頼まれごとをされてのう。かくそなたを待ち受けておった」

「頼まれごとじゃと。なんのことだ」

「そなたが黒崎慶を使い、美人局をしていることは、すでに南町では知れ渡っておる。また筒井奉行も承知のことだ。石清水、そなた、逃げ場を失ったわ」

「わしの始末を頼まれたか」

「気は進まぬがのう。義弟の頼みを聞かぬわけにもいくまい」

「研ぎ屋が本業と聞いた。大人しく研ぎ仕事をしておればよいものを」

と言った石清水が夏羽織を脱ぎ捨てた。

小籐次は破れ笠から竹とんぼを一本抜きとり、指の間に柄を挟んだ。

両者の間合いはおよそ三間半あった。

石清水の腰がわずかに沈んで鯉口が切られた。

小籐次は次直の柄にも手を置かず、右手の指で捻り上げて竹とんぼを飛ばした。

ぶーん
夜風を裂いて、竹とんぼが石清水に向って一直線に飛んでいった。

石清水は迷うことなく林崎夢想流の抜き打ちで飛んできた竹とんぼを鮮やかに切り割ると、次の瞬間には刃を鞘に納めていた。

小籐次が想像した以上の技量だった。

「酔いどれ小籐次、小細工はそれがしには利かぬ」

石清水が言い放った。

「そのようじゃな」

と言いつつも小籐次は残った竹とんぼを破れ笠から抜くと、両の掌に柄を挟んで左右の手を滑らせた。

次の瞬間、竹とんぼは夜空へ高々と飛翔していった。

石清水が間合いを詰めて踏み込んできた。

小籐次は、その場で受けた。

一瞬裡に生死の境に石清水が入り込み、ふたたび音もなく鞘走った刃が橋際の常夜灯の光を受けて鈍く光り、小籐次の胴を鋭く襲った。

小籐次もまた踏み込んでくる石清水との間合いを読みながら、次直を抜き放っていた。

林崎夢想流の居合術と来島水軍流の抜き打ちがほぼ同時に相手の体を斬り上げた。

走り寄る石清水の刃には勢いがあった。だが、石清水は虚空に飛ばされた竹とんぼの動きとその役目を無意識に考えていた。

一方、その場に不動の構えの小籐次の抜き打ちに迷いはなく、正確な円弧が描かれた。

小籐次が単衣に相手の刃風を感じたとき、寸毫《すんごう》早く次直が走り寄る低い姿勢の相手の喉首を、

ぱあっ

と掻き斬って、頑丈な五体を神田川とは反対の虚空に飛ばしていた。

どさり

と音を立てて地面に転がった石清水正右衛門が必死の形相で起き上がりかけ、顔を小籐次に向けて見た。

「お、お……」

とようやく言葉にならぬ音を発して、崩れ落ちた。

しばし石清水の体が痙攣《けいれん》するのを見ていた小籐次の口から、

「来島水軍流波返し」

と言葉が洩れ、次直に血ぶりをくれると鞘に納めた。

しばしその場にあって、南町奉行所の疫病神と呼ばれた老練な与力の体がことりと動きを止めるのを待った。

すると虚空から竹とんぼが下りてきて小籐次の手に収まった。それを破れ笠の縁の間にゆっくりと戻した。

河岸道に人の気配がした。

中田新八とおしんが暗がりに立っていた。

「これでよいな」

小籐次の言葉におしんが黙って頷いて、文の束と二つに切り割られた竹とんぼを差し出した。

「文は燃やさなかったのか」

おしんが首を横に振り、言った。

「赤目様の手から成田屋様にお返し下さい」

「預かろう」

と文の束を受け取った小籐次におしんが、

「最前乗ってこられた舟を橋向こうに待たせてございます。いずこになりとも送らせるよう命じてございます」

と言った。

小籐次は二人に頷き返すと柳橋を渡った。

七つ(午前四時)の時鐘が川面に響いてきたとき、小籐次は最前汐留橋から乗ってきた小舟を見つけた。

「待たせたな」

いえ、と答えた小者が、

「汐留橋に戻られますか」

と尋ねた。

「いや、須崎村に送ってくれぬか」

「承知致しました」

小籐次は小舟に揺られながら、

(もはやかようなことをしのける齢ではないな)

と苦い想いを胸に嚙みしめていた。

二

翌日、小籐次はおりょうに文遣いを願い、黒崎慶に宛てられた市川團十郎の恋文七通を油紙に包んで、中村座の座元中村勘三郎に届けさせていた。包みのなかにはただ一行、

「一件落着礼無用　義兄」

と短い文が添えられてあった。

数日後、七代目市川團十郎の芸に、

「凄み」

が戻ってきたと小籐次は巷の噂に聞かされた。

小籐次と駿太郎はふたたび研ぎ仕事に戻った。

時折仕事の行き帰りに八右衛門新田の花火屋緒方屋を訪ねることがあった。

緒方屋の作業場の空気は以前と一変していた。

花火造りの名人だった俊吉の指導のもと、親方六左衛門以下職人たち全員が死

にもの狂いになって花火造りに精を出していた。華吉も親父の倹吉に寄り添い、時折洩らされる言葉を聞き取って、己の作業に活かそうとしていた。だが、倹吉の言葉が聞き取れないこともあった。すると嫁のおさとが、

「華吉さん、お義父つぁん、こう言っているんじゃない」

と口の動きを読み取って義弟に伝えた。

小籐次が案ずるのは倹吉が日一日とやせ衰えていく様だった。それはだれもが感じていることだった。

倹吉は気力と執念だけで生きていた。

だが、だれにも倹吉を助けることなどできなかった。時に掛かり付けの医師が八右衛門新田の花火屋まで往診に来て、煎じ薬をおいていった。その薬をおさとが煎じて、少しずつ飲ませていた。そんな鬼気迫る倹吉の様子にだれもが五月二十八日の宵までに花火を造り上げて大川に打ち上げ、

「八右衛門新田の花火屋、緒方屋の花火ここにあり」

と世間にもう一度その名を知らしめようと考えていた。

倹吉が口伝えで華吉に伝え、華吉が調合する花火は緒方屋が打ち上げる百発のうち、最後の大玉一発だった。六左衛門親方は、小籐次からの追い銭をうけて、

百発造ることを奉公人一同に命じていた。

読売屋の空蔵が、

「花火造りの名人俊吉、死を賭して最後の花火造り」

の模様を何度かにわたって書き立て、売り出したものだから、

「今年は不景気で中止」

とか、

「例年になく花火の数は少ない」

などと前評判が悪かった両国の花火に江戸の人びとの関心が、少しずつだが向いてきていた。そして、同業の花火屋の鍵屋、玉屋を筆頭に、

「俊吉が病の身で花火造りに挑んでいるのならばおれたちも負けていられない」

と、

「今年は景気がよくないので遠慮します」

と断わられた客の間を回って新たな花火の注文をとり、例年どおりの両国の花火の宵にしようと意気込んでいた。

小籐次と駿太郎は八右衛門新田の花火屋を訪ねたあと、その足で深川蛤町裏河岸や駒形町の畳屋の備前屋に向い、馴染みの客の道具をこつこつと研ぐ仕事をこ

なしていた。

　この日、夏の陽射しを避けて、万作親方の住まい兼作業場の前に架かる八幡橋の下に小舟を止めた父子は、せっせと研ぎ仕事をしていた。すると昼前、一艘の猪牙舟が姿を見せた。乗っているのは南町奉行所の定廻《じょうまわ》り同心近藤精兵衛と難波橋の秀次親分の二人だった。

「父上、南町の近藤様と秀次親分です」

駿太郎が父親に知らせたが、小籐次もすでに気付いていた。

「御精が出ますな、赤目様」

と言った秀次が猪牙舟を小籐次の研ぎ舟に付けさせると、

「四半刻ばかりこの界隈をふらついてきな」

と猪牙舟の船頭に命じた。その言葉を聞いた駿太郎が、

「父上、研ぎ上がった道具を魚源に届けてきます」

と小舟を離れようとした。

親分が船頭を猪牙舟から遠ざけるくらいだ、御用の話と駿太郎は思ったのだ。

「駿太郎さんはいてもいいですがね」

秀次親分が慌てて言ったが、

「いえ、研ぎ上がった道具を届けようと思っていたところです」

と応じた駿太郎が布に包んだ包丁類を抱えて橋下から姿を消した。

研ぎの手を休めた小籐次が二人をちらりと見た。

「赤目様、花火になんぞ関わりをもっておられますので」

秀次親分が読売を手に尋ねた。

「なんぞ読売に載っておりましたかな」

小籐次は研ぎ仕事に戻っていた。

「病人の花火造りの職人を酔いどれ様が手助けしているなんて、なんともほら蔵らしくない曖昧な書き方の読売でございましてね。いつものほら蔵にしてはえらくおとなしい読売なんですよ。そのうえ、続報をご期待だなんて、もって回った言い方をしてやがる」

「ならば親分、続きを待ったらどうだ」

「酔いどれ様、どうしなさった」

「見てのとおり研ぎ仕事が忙しくてな」

「花火には関わってねえと仰るんで」

「いや、関わっておる。だが、わしはなにをするわけでもないのでな。親分の問いに答えようにも答えられぬ」

ふーん、と秀次が鼻白んだ返事をした。そんな二人の会話を聞いていた近藤が言い出した。

「赤目どの、南町は大騒ぎでしてな」

「近藤どの、南町奉行所のことまで手が回りませんな」

「今や酔いどれ小籐次様は公方様にお目どおりしたお方ですからな。不浄役人などの話は聞けませんか」

近藤らしからぬ皮肉な言い方に小籐次が顔を上げて定廻り同心を見た。小籐次の手には万作の道具が研ぎ半ばで持たれていた。

「赤目どのは、南町に疫病神と呼ばれる与力がいるのをご存じですな」

「疫病神な、知らぬな」

小籐次はこう答えるしかない。

南町奉行所に与力と称する役人が、内役外役合わせておよそ二十五騎ほどいた。この他、旗本が奉行に就任した折、奉行に従ってきた家臣数名が、内与力という名で存在していた。この内与力、奉行が職を解かれると旗本家の家臣に戻った。

いわば奉行就任期間の用人、秘書的な役柄だ。吟味方など内役や牢屋敷見廻りなどの外役とは異なり、探索には関わらなかった。

小籐次もその程度のことは承知していた。

「与力に疫病神なる役職があったか」

「ご冗談を」

と言った近藤精兵衛が、

「このお方、われら外回りの同心など虫けら以下の扱いでございましてな、なにしろ南町の古強者でして、お奉行も非常取締掛の石清水正右衛門様の扱いには困っておいででしたな」

「その者がどうかしたか」

「神田川に架かる柳橋の傍らの河岸道で一昨日の未明に辻斬りに遭いましてな、身罷りました」

「その与力どの、辻斬りに遭って太刀打ちできぬ程度の腕前か」

「それが林崎夢想流の居合の達人にして一刀流の免許皆伝が自慢の主です」

「となると辻斬り、よほどの腕前じゃな」

「石清水様を一撃で斃《たお》す相手は、尋常ならざる技量の持ち主ですな」

「江戸は広いでな、世に隠れた剣術家はおろう。で、その者、未明に柳橋辺りでなにをしていたのだ」

「それが柳橋近くに妾を囲っておったようでしてな、お楽しみの帰りでございました」

「町奉行所の与力は妾が囲えるほど高禄かな」

「与力はおよそ二百俵、石清水様は年季が入っておりますで、二百数十俵はございましょう。ただし非常取締掛は内役ゆえ決まった出入りの店などはございません。つまりは盆暮れの実入りはございません。ところが辻斬りに遭った石清水様の持物、衣服はどれも値のはるものばかりであったそうな。財布には十両近くが入っていたそうでございます」

近藤精兵衛は小籐次の問いに答えながら、小籐次の反応を窺っている様子があった。

「やり手じゃな。じゃが、辻斬りに斬られてはどうにもならぬ。相手の女子はどうしたな」

「この女子、牢屋同心の後家でございましてな、忽然と姿を消しておりますので」

「なに、女子が姿を消したとな。まさか女子が手引きして石清水どのを殺めたということはあるまいな」

それはなんとも、と応じた近藤精兵衛は、

「赤目どの、この一件、どう思われますか」

「どう思われますかと近藤どのに尋ねられても、わしは一介の研ぎ屋じゃぞ。与力を辻斬りに殺《や》られたとなれば、南町奉行所は上を下への大騒ぎであろう」

「辻斬りだとの声を聞いたのは、石清水様を迎えにきた船宿の船頭でございましてな、慌てて柳橋際の船着場に小舟を寄せて、河岸道に駆け上がって見るとその界隈の住人が何人か石清水様の骸《むくろ》を遠巻きに見ていたそうな。この船頭、石清水様にひいきにされていたそうで、住人たちの好奇の眼差しをよそに機転を利かせて舟に運び込んで南町奉行所に連れ戻って事情を知らせたのでございますよ。赤目どのが申されるとおり、大騒ぎになりました。ですがな、直ぐにこの一件について緘口令《かんこうれい》がわれらに言い渡されました。なにしろ町奉行所の与力が辻斬りに遭ったなどと、世間に漏らすわけには参りませんからな」

近藤が一気に喋った。

「極秘裡に探索は続けられるのかな」

「そこでございますよ」

と近藤が顎に手を当てて応じた。

「どうしたな」

「いえね、石清水様には子ができませんでな、それだけに好き勝手なことをしておったような気もします。ですが、七年前に遠縁の子を養子にとりまして、ただ今十六にございますが、この者が石清水家の跡継ぎとなります。見習い与力として近々南町奉行所に奉公することに決まったそうです」

「それはよかった」

「赤目どの、えらく早手回しの沙汰とは思いませんか」

「近藤どの、武家方はなにより跡継ぎをどうするかが大事なことではないのか。石清水家にとって幸いではないか」

「それはそうでございますがな」

近藤は煮え切らない口調で黙り込んだ。

「近藤の旦那、差出がましいのは承知ですが、わっしの推量を赤目様に申し上げて宜しゅうございますか」

秀次が近藤にお伺いを立てた。だが、近藤はなにも答えなかった。小籐次には近藤が返答をしないのは、秀次の申し出を受けたのだと思えた。

「赤目様、こんどの一件でございますがな、わっしの考えではお奉行様方は、ご存じだったのではないでしょうかな」

「どういうことだ、親分」

「へえ、石清水の旦那は南町の中でも疫病神と嫌われているお人でございましてな、こたびの辻斬りは極秘裡に仕組まれたものではないかと思えるのでございますよ」

「秀次」

と近藤の声が飛んだ。

「さようなことがあろうはずもない。いくら赤目どのと親しい間柄とは申せ、奉行所内の恥をさらしてよいものか」

近藤の口調は厳しかった。秀次の顔が真っ青に変わり、

「旦那、申し訳ございません。つい言葉が過ぎました」

と詫びの言葉を口にした。

「近藤どの、わしは石清水正右衛門どのを知らぬゆえなんともいいようがない。だが、秀次親分が考えることも一理あるような気がした。いや、真実がどうかは

知らぬが、そう考えたくなるというておるのだ」

小籐次の言葉を長いこと沈思していた近藤が、がくがくと頷いた。

「いえ、それがしも赤目どのに話を聞いて頂いて、なにか胸のなかのもやもやが消えました。もはやこの一件忘れます」

首肯した小籐次が、

「それがよいかと思う」

と返事をした。

近藤精兵衛と難波橋の親分が、暇をつぶしてきた船頭の漕ぐ猪牙舟で深川の八幡橋下から姿を消したあと、駿太郎が戻ってきた。

「父上、永次親方が研ぎ代と申されて、この紙包みを渡されました。どう考えても研ぎ代には高い金子が入っているように思えます」

と言い、

「ああ、そうだ。うづさんが昼餉をどうぞと申されました」

「そうか、昼餉の刻限か」

小舟の中を片付けた小籐次と駿太郎親子は橋下から河岸道に上がった。

ぎらぎらするほどの光が深川界隈を照らし付けていた。

「やっぱり橋下は涼しいかえ」

と万作が小籐次に尋ねた。

「それはもう、あそこは極楽じゃぞ。じゃがいくら涼しくても曲物の細工は舟ではできぬな」

「できませんな」

といった万作が、

「客人だったようだね」

と問うた。なんとなく客の素性を承知のような問いだった。

「野暮用といいたいが、なんの用事かよう分らなかった」

と答えた小籐次にうづが、

「赤目様、おっ義母《か》さんが打った蕎麦よ。竹藪蕎麦の親方のようにはいかないけれど、なかなかの風味よ。蕎麦を食べて気分を変えて」

と小籐次にいい、

「駿太郎さんには、浅蜊《あさり》を炊き込んだごはんもあるからね」

と言い添えた。

「有り難う、うづさん」

昼餉を馳走になった父子は、それから経師屋《きょうじ》の安兵衛親方から頼まれた道具の手入れをして一日が終わった。

「駿太郎、安兵衛親方に道具を届けたら八右衛門新田に立ち寄って参ろうか。もはや花火の日まで残りわずかじゃ。俊吉どのにはなんとしてもこの暑さを乗り切ってほしいものじゃな」

小籐次の言葉に駿太郎が頷き、

「明日は久慈屋さんに研ぎ場を構えてよいですか」

「あらかたこの界隈の馴染みの研ぎは終わったでな、そう致そうか」

と父子で話し合いがなった。

小籐次が万作親方と太郎吉に挨拶をしに行くと、

「花火まで残り五日、いや四日だぜ。俊吉さんもそうだが、看病する女房のおなんさんも嫁のおさとさんも疲労困憊《こんぱい》だろう。なにしろこの暑さだからな」

と万作が小籐次に話しかけた。

深川界隈の人間はだれもが、病人の俊吉が最後の花火造りに命をかけていることを承知していた。

「わしらも八右衛門新田に寄っていこうと考えておるところだ」

「なにもできないがよ、俊吉さんに花火を楽しみにしていると伝えてくれないか」

「ああ、そうしよう」

と応じた小籐次は待っている者がいることを見てとっていた。

菅笠をかぶったおしんだ。

小籐次は河岸道から橋下の駿太郎に、

「そなたは舟で安兵衛親方のところに行け。わしはな、少し歩いてみたくなったでな、あちらで落ち合おう」

と伝えた。

駿太郎が頷き、小舟が橋下から堀に出てきた。

小籐次は河岸道をゆったりと歩いていった。するとおしんが小籐次に肩を並べてきた。

「先客がおられたようですね」

「見ておったか。南町の同心どのと難波橋の親分だ」

小籐次の返答におしんが頷いた。

「石清水正右衛門ですが小まめな与力どので、これまで黒崎慶と組んで美人局を仕掛けた七つの悪事をすべて克明に書き残しておりました。ええ、その書付けは慶の家で私どもが見つけました。驚いたことに悪清水に脅されたなかには大身旗本と大名家留守居役も含まれておりまして、美人局で得た金子は千五百七十五両にございました。表に出すには厄介な代物です」

「この一件、最初から表沙汰にはできぬものではないか」

「まあ、そうでございますがね。成田屋さんが赤目小籐次様と義兄弟だったのが、どなた様かに好都合でございましたかね。あれ以上、南町奉行所も石清水某を野放しにはできなかったでしょう」

おしんの言葉を聞きながら過日は北町奉行所のために「水死」し、こたびは南町奉行所のために大掃除をなす己は、

（何者か）

という疑問が湧いた。

「黒崎慶の処分はどうなった」

「南町の限られた吟味方で調べが行われ、早々に八丈島遠島の沙汰がおりて次の便船で送られます。黒崎慶ならば八丈島でもしたたかに生き抜いていくのではご

ざいませんか」

小籐次は答えようがなかった。ただ、

「おしんさん、今後はかような汚れ仕事ご免蒙《こうむ》ろうと思う」

と述べた。

「以前の赤目様とは違い、上様お目見えのご仁でございますからね」

と言ったおしんが、

「さりながらこたびの騒ぎのきっかけは酔いどれ小籐次様の義弟成田屋さんの願いを聞き届けられたことに始まっております」

と小籐次に思い出させ、すいっ、と夏の宵に姿を消した。

三

五月二十八日の大川の花火が明後日に迫った日、小籐次と駿太郎が久慈屋に向う途次、八右衛門新田に立ち寄ると、花火屋の親方六左衛門が小籐次の顔を見て、

「赤目様、俊吉の具合がどうにもならない。もはや口も利けなければ食い物も喉を通らないんだ。砂糖を溶かした湯をおさとさんが少しばかり飲ませているだけ

だ」

と険しい表情で言った。

小籐次がいちばん聞きたくない知らせだった。

「ああ、あと三日、今日、明日、明後日までなんとしても頑張ってくれまいか。そうすると親方や倅の華吉を始め、こちらの職人衆の造った花火が両国橋の空に打ち上がる光景を見ることができるのじゃがな」

小籐次が作業場に入っていくと、もはや骨と皮だけの俊吉が華吉やおさとによって運ばれてきたところだった。やせさらばえた俊吉の鬼気迫る眼差しが小籐次を捉えた。

「よ、酔いどれ様」

と弱々しい声が口から洩れた。

「よう頑張っておるな」

頷く俊吉に、

「わしは信じておる。そなたが倅を始め、その朋輩たちに口伝えした乱れ打ちの花火が江戸の人びとを楽しませてくれるとな」

俊吉が小籐次の言葉を聞き取ったか、こっくりと頷いた。

小籐次は俊吉のやせ細った手をにぎり、

「夢を抱いている人間は、そう簡単には身罷らぬ。酔いどれ小籐次は今日一日、そなたのことを祈りながら、研ぎ仕事を致すでな」

と言い残して八右衛門新田の花火屋から小名木川の岸辺に舫った小舟に足を向けた。するとおさとが小籐次を追ってきて、

「赤目様、お義父つぁんの気持ちはしっかりと華吉さんに伝わっています。親子をそんなふうにさせてくれたのは、赤目様と駿太郎さんよ。ありがとう」

と泣きながら礼を言った。

「おさとさん、その言葉は花火の宵に聞きたいものじゃ」

小籐次の返事におさとも涙の顔でこくりと頷いた。


小籐次と駿太郎が久慈屋の研ぎ場で久慈屋の道具の手入れを始めて一刻ほど過ぎた頃合いか、国三が店から踏み台を持ち出して芝口橋に運んでいった。

小籐次はそれを見て、読売屋の空蔵が今朝刷り上がった読売を売る仕度を国三がしているのだと思った。

この数日、おりょうが礼状を認め、小籐次がかなくぎ流で署名を四十七通なし

た。礼状の相手は過日、城の表の白書院で小籐次と駿太郎、それに御詰衆の宗厳寺喜介ら三人でなした「座興」を見物した、御三家の水戸公や仙台藩伊達の殿様、薩摩の島津の殿様ら四十七人で、四斗樽を小籐次に贈ってくれた礼と、四斗樽のあと始末を認めた書状だった。

どこの屋敷へもおりょう自らが訪ね、

「赤目小籐次よりの文にございます」

との口上を述べ、文遣いの美貌とその文の差出人の名を確かめた門番が驚きを示したという。

小籐次の耳に馴染みの空蔵ののどかな声が聞こえてきた。

「芝口橋を往来のご一統様に読売屋の空蔵から猛暑お見舞い申し上げまする」

「おや、ほら蔵、今日はえらく殊勝な挨拶じゃな」

と通行人が足を止めて空蔵に言い返した。

「よう毛のしっかりと生えた耳で聞きとってくれたな、屋根屋の丑松さんよ」

「耳毛が生えていようがどうしようがおれの勝手だ。本日はなんの読み物か」

「なんの読み物かだと。読売屋の空蔵に向って問う言葉じゃないな。むろん読売の口上を述べさせて頂きますよ」

「ならば早くやんな、勿体つけないでよ」

と別の男が空蔵を急かした。

まあまあ、と相手をいなした空蔵が、

「いいかえ、ご一統、この暑さの中、なんとも麗しく涙なしでは聞けない酔いどれ小籐次ネタだ。お急ぎのお方も暇なお方もこの空蔵の口上を聞き逃すのは一生の損、江戸っ子の名折れだぜ」

と啖呵《たんか》を切った。

「ほう、こんどは一転大きくでましたな、空蔵さん」

「おお、京屋喜平の番頭さん、決して損はさせませんよ」

と応じた空蔵が、踏み台の傍らに控えた助っ人から読売の束を受け取っていつものように左腕に載せ、腰帯から竹棒を抜くと、ぐぐっと橋の上を舐め回すように動かした。

「江戸の夜空を飾る両国の花火は明後日に迫りましたな。今年は景気が悪いので中止なんて噂も流れた。ところがどっこい、江戸の華をつぶしてなるものかと立ち上がったお方がおられる。それがほれ、久慈屋の店先で研ぎ仕事をしている酔いどれ小籐次様だ」

「おい、ほら蔵。酔いどれ様が研ぎ屋から花火屋に商い替えしたって話は聞かないぞ。話のあたまくらい聞かせねえ」

「よかろう、ご一統」

と恰好をつけた空蔵が久慈屋の店先で一心不乱に研ぎ仕事をする小籐次と駿太郎を見た。

「絵になるね、親子で研ぎ仕事だとよ。倅の駿太郎さんの包丁一本の研ぎ代はたったの十文だ。おまえさん、屋根屋の丑松さんの日銭は六百文か」

「空蔵、おれの日銭がいくらかなんて喋れるか」

「まあ、いいや、おまえさんの日銭はよ。だが、そんな父子が城中白書院に呼ばれて上様にお目見えしたな」

「そいつはだいぶ前におまえの読売に載ったろうが、また二番煎じをやって稼ごうというのか」

「まあ、急くな焦るな、裏長屋のご隠居よ」

「おりゃ、隠居じゃねえ。未だ働いていらあ」

「そりゃ、すまなかった」

と掛け合った空蔵が、

「あの白書院のご対面から話さなければならない話なんだよ」

「ならばさっさと話せ」

「白書院の広縁で赤目小籐次と駿太郎父子に御詰衆の腕利き三人が加わって、夏の花火を演じた話を読売に書いたな。その芸によ、感動なされた御三家の水戸様を始め、仙台藩主の伊達の殿様方がなんと四十七もの四斗樽を酔いどれ小籐次に贈ってこられたんだ」

「そいつは知らねえな。そうか、酔いどれの旦那、ここんとこ久慈屋に姿を見せなかったが、四斗樽四十七を飲み干したか」

どこぞの兄さんが合いの手を入れた。

「おい、いくら酔いどれ様でも四十七樽百八十八斗、十八、九石もの酒を一気には飲めねえ。なあ、酔いどれ様よ」

空蔵が久慈屋の店先の小籐次に同意を求めたが、小籐次、駿太郎父子は見向きもしないで研ぎに熱中していた。

「まあ、いいや。あっちは仕事だとよ。さあて、ここからが本論だ。四斗樽を赤目小籐次はどうしたか。上つ方から頂戴した酒樽をすべて売り払っちまった」

「おうおう、研ぎの稼ぎが少ないてんで懐に入れたか」

「馬鹿言っちゃいけねえよ、どこぞの兄さん、おまえさんじゃねえんだ。天下の酔いどれ小籐次様が水戸様やら伊達様やらから頂戴した祝いの四斗樽を売り払ったには、曰くがあるのよ」

「そりゃなんだえ」

「えっ、まだおれに話させて読売を買わない気か、そんなの江戸っ子じゃねえぜ」

「いいやがったな。こちとら、魚河岸のお兄《あに》いさんだ。話を聞いて得心したら十枚だって二十枚だって買ってやろうじゃないか」

「そこまでいうなら話を進めようか。明後日は大川の花火だな」

「ほら蔵に念を押されることはねえや。いつもの夏ならば、両国橋近辺の両岸から花火が派手に上がるんだがよ、今年は不景気で中止なんて話が出ていたな。この話、おめえが読売に書いて、おれたちに売りつけたんじゃないか」

「兄さんのいうとおり、今年はいささかしょぼくれた花火になりそうだったな。そいつをな、酔いどれ小籐次様が」

「待った、空蔵さん。分りましたよ、酔いどれ様は、おまえさんが最前いった四十七もの四斗樽を売ったお金で花火を上げなさる。つまりは上様のご対面に始まり、見物の水戸様、伊達様方が酔いどれ様に贈った樽が花火に化けて江戸じゅうを景気づける。これでどうだ、ほら蔵さんよ」

「さすがは京屋喜平の番頭菊蔵さんだ、よく見通された」

「でしょう」

と菊蔵が満足げに笑った。

「番頭さん、この話はそれだけじゃねえ。ここからが肝心要の酔いどれ小籐次様の真骨頂だ。この先は四文で買って家に戻り、とくと読んでくんな。公方様の名入りの読売なんぞ滅多にありませんぞ」

と空蔵が煽り立てた。

「よし、空蔵さん、わたしに三枚下さいな」

菊蔵の声につられて、空蔵が芝口橋に積み上げた読売はあっという間に売り切れた。芝口橋がいつもの往来に戻ったとき、空蔵が胸を張って久慈屋の店先の研ぎ場に立った。

「さすがに酔いどれネタははけるのが早いやね」

と小籐次に話しかけたが当人も駿太郎も研ぎ仕事に没頭していて、全く反応はなかった。

「ちぇっ、こんどの一件はおめえさんに頼まれたんだぜ、返事くらいしねえ」

と言ったが父子は答えない。

ちぇっ、と二度目の舌打ちをした空蔵が帳場格子の主と大番頭に、

「愛想が悪いのにもほどがあるぜ」

と文句を言いながら、数枚の読売を差し出した。

「赤目様の不愛想は別にして読売はすべて売り切れたのでございましょう。他でも空蔵さんの読売をお待ちの客がおられましょう」

「そうなんだ。読売は生き物だ、おれのネタを真似されたら売れ行きが止まるからな。よし、これから日本橋でひと稼ぎだ」

と空蔵が汗を拭う間もなしに久慈屋を飛び出していった。

「赤目様、これでようございましょう。お客様がお待ちですよ」

と観右衛門が空蔵から貰ったばかりの読売一枚を、研ぎ場から立ち上がった小籐次に差し出した。

「あれこれとご面倒をお掛け致します」

「赤目様とお付き合いさせて頂いておりますと全く退屈することはございません。ささっ、早く奥座敷に」

と昌右衛門に急かされた小籐次は、前掛けを外して読売を手に奥へと通った。

空蔵が芝口橋に立った直後、久慈屋の店先に一丁の駕籠《かご》が付けられ、小籐次と顔を合わせた。小籐次は橋の空蔵を気にして、店座敷を借り受けて客を通そうとした。だが、その正体に気付いた観右衛門が、

「奥座敷がようございましょう」

と奥へと案内したのだ。

小籐次が奥座敷に向うと隠居の五十六と話をする七代目市川團十郎の声がした。

「お待たせ申した」

と小籐次が奥座敷の廊下から声をかけると、

「おお、読売屋の空蔵さんはいなくなりましたか」

と五十六が言い、團十郎がぴたりと小籐次に向き合うと頭を下げた。

「義弟どの、なんの真似かな。義兄のわしにはそんなことをされる覚えがないがのう」

と言いながら、頭を上げるように言った。

五十六は見ていた。

小籐次と七代目の市川團十郎が見合い、小籐次が頷いたのを。それでどうやら

ことが済んだと思えた。

改めて座り直した團十郎が、

「それにしても義兄《あに》さんはあれこれと手広うございますな。明後日の花火にまで関わっておられますか」

と首を傾げた。

小籐次が手にした読売を團十郎に差し出し、

「公方様に呼ばれて座興をなしたことが、こたびの座興を呼ぶことになった」

と言いながら渡した。

「読売屋の口上はこの奥座敷にも途切れ途切れに聞こえてきましたが」

と呟いた團十郎が空蔵の読売を読み始めた。

「ご隠居、成田屋さんのお相手有り難うございました」

「うちと赤目様はそれなりに長い付き合いにございますがな、まさか七代目の成田屋さんと義兄弟とは存じませんでした」

と五十六が感嘆した。そこへおやえが小籐次の茶菓を運んできて、

「お父つぁん、おまつが台所で腰を抜かしておりますよ」

「ほう、なんでかな」

五十六がなんとなく察していながらわざと尋ねた。

「赤目様が七代目の成田屋さんと昵懇の間柄と聞いても、最初はどうしても信じてくれませんでした」

「七代目と赤目様は義兄弟じゃそうな」

「久慈屋のご隠居様、赤目様と知り合いでよかったとこれほど思うたことはございません。なんとも心強い義兄御《あにご》でございます」

「でございましょう。うちでも箱根で偶さか出会うて以来の付き合いでございましてな。赤目様には驚かされてばかりです」

五十六が團十郎に言った。

「ご隠居様、また赤目様に新たな話が加わりそうですね」

と團十郎は読み終わった読売を五十六に渡した。

「義兄御、明後日の宵、八右衛門新田の花火屋の花火、必ずや見せて頂きます」

「ほう、七代目市川團十郎丈に花火を見てもらうと知ったら、俊吉どのも明後日の宵までは死ぬに死ねますまい」

「いえ、私などより義兄の赤目小籐次様が後ろに控えておられるのです。必ずや倅さんの花火を見て満足されましょう」

と團十郎が言った。

しばらく花火話に花が咲き、

「義兄御、おりょう様と義弟の芝居を見にきて下され。その折は、五十六様もおやえ様もごいっしょにどうぞ」

と言い残して奥座敷から希代の名優が去っていった。

昼餉の折、おまつが運んできた冷やしうどんの膳には茶碗酒がついていた。

「なんじゃな、おまつさん。ふだんにはないことじゃな」

「おら、酔いどれ様をすらんかった」

とどこの在所言葉とも知れぬ訛《なま》りでおまつが言った。

「なんの話かな」

「まさか成田屋さん、七代目の市川團十郎様が酔いどれ様と義兄弟だなんて、おら、いまも信じられん」

「大した話ではなかろう」

「そりゃ、酔いどれ様と駿太郎さんが公方様にお目見えあったと聞いたときも驚いたがよ、こんどの話にはぶっ魂消た」

「長生きしておるとあれこれとあるということよ」

小籐次はおまつ心づくしの茶碗酒を手にして香りを嗅ぎ、

「ときに気楽に昼酒が楽しめるのも悪くないな」

と喉に落とした。

「赤目様、明後日はうちでも屋形船を仕立てますでな」

と言った観右衛門が、

「いささか案じておることがございます」

と言い出した。

「なんでしょうな」

「赤目様もご存じのように両国の川開きは、橋の上流側を玉屋さんが、下流を鍵屋さんが受け持たれます。これは鍵屋の番頭清七さんが暖簾分けしてもらった折からの慣わしです。最前、読売を読ませてもらいましたが、八右衛門新田の花火屋緒方屋さんは、鍵屋玉屋には及びもつかぬ小さな花火屋にございましょう。俊吉さんが名人と呼ばれた折も、両国橋を下にいった深川相川町辺りで打ち上げていたと聞いております。こたびもまた大川河口で花火を打ち上げられますかな」

と疑問を呈した。

「わしも俊吉どのと話すようになり、そのことを知った。確かに花火の大店は鍵屋玉屋でござろう。この二家が江戸の花火を引っ張ってきたのは間違いござるまい。とはいえ、二家ばかりが両国橋を占めていては、花火屋全体の先行きも危うい。花火は一両で買うことができる夏の夢じゃでな、緒方屋にもよき場所で花火を打ち上げてほしいと思うておる」

「赤目様、なんぞ知恵がございますので」

「ないこともない。まあ、大番頭どの、明後日の宵まで楽しみにしておりなされ」

と小籐次が言った。

「成田屋さんすら驚かせる赤目様のお手並みを拝見いたしましょうかな」

「大番頭どのの案じられる様子にいささか心配になった。本日は早めに仕事を終えて明後日の念押しに行って参ろう」

「おや、八右衛門新田に行かれますか」

「いや、そうではない」

「まさか鍵屋玉屋さんに許しを乞いに行かれますか」

「いまになって両家に許しを乞いに行ったところでしょうがあるまい。まあ、こちらも川開きの宵まで待ってもらいましょうかな」

「それはようございますが、うちの屋形船に赤目様ご一家はお乗りになりますな」

と観右衛門が念を押した。

「おりょうと駿太郎、それに夕とお梅は乗せてもらおう」

「大きな屋形船です、二十数人は乗ることができます。おりょう様のご両親をお招きしてはどうですね」

「おお、おりょうが喜ぼう」

と小籐次が言い、昼餉がいつしか終わった。

この日の帰路、小籐次と駿太郎は、神田川を遡って水道橋際の船着場に小舟を止めて、水戸中納言家江戸藩邸に立ち寄った。

四

五月二十八日の川開きの夕暮れ前、芝口橋から三国一と描かれた真っ赤な提灯がいっぱい飾られた屋形船が御堀を下り、築地川から江戸の内海に出て、大川へと向っていった。

乗客は久慈屋の一家に大番頭の観右衛門、赤目りょう、駿太郎親子、北村舜藍夫婦にお梅とお夕が加わっていた。

だが、小籐次の姿はなかった。久慈屋の隠居五十六が、

「酔いどれ様の姿がないのが寂しゅうございますな」

と船中に積まれた四斗樽を見た。その手には本日売り出された空蔵が腕を振るった読売があった。読売には、

「酔いどれ小籐次、川開きに一石を投ず。病の花火名人の俊吉直伝の八右衛門新田の花火屋緒方屋の乱れ打ちが江戸の夜空を飾る」

とあり、この花火の費えについて、

「赤目小籐次、駿太郎父子が城中にて上様にお目見えした祝いに水戸様、伊達様、薩摩様他四十七大名、旗本家から贈られた四斗樽四十七樽を売った金子を緒方屋に投じて、俊吉最後の意地と粋を咲かせる花火造りなり。

今宵の花火は上様に赤目父子がお目どおりしたことがきっかけであり、その折、白書院の広縁で赤目小籐次、駿太郎父子が演じた紙切りの芸、『夏の雪に両国の花火』の再現ともいえる趣向なり。この四斗樽の贈り主は……」

と水戸家、伊達家、薩摩家など四十七家の名が麗々しく連ねてあった。

この四十七家には赤目小籐次の名で前もって許しを乞う文が届けられ、この文遣いをおりょうがなしていた。そのために各大名家では、

「おお、わが殿が贈られた四斗樽を花火に変えて、赤目小籐次が川開きに景気をつけおるか」

と四十七家も競い合って花火船を仕立てたから、今年は中止などという不景気な話から一転し、例年以上に賑やかな大川の花火になった。

また大川の両岸、とくに両国橋の袂の東両国広小路と西両国広小路には、軽業師、手妻師の太鼓などが鳴り響き、講釈師が大勢の見物客の声に負けじと日ごろ鍛えた声を張り上げ、冷やしそうめん、西瓜、とうもろこし、甘味などの露店が並び、

「ひやっこい白玉はいらないか」

とか、

「かば焼き一串はいらねえか、夏のつかれにはもってこいだぜ」

など客に誘いかけて賑いに拍車をかけていた。

両国橋の上流下流には鍵屋、玉屋の花火船もあって打ち上げの最後の仕度に余

念がなかった。

宵が迫り、

ドドドーン！

と両国橋の上流から花火が上がり、

「たーまや！」

の声が両国橋を埋めた見物客から上がった。

久慈屋が雇った花火船は、そのとき両国橋の下流にいたが、橋上では花火の火花が散り落ちてくるのを避けるためか菅笠や番傘などを頭にかざして見物する人びとが見えた。

久慈屋の屋形船がいる近くから、こんどは負けじと鍵屋が打ち上げた。

「かーぎや！」

「北村様、ご隠居、酔いどれ様の仕掛けがきいて、例年以上に賑やかな川開きの花火になりましたな」

観右衛門が景気づけに開けた四斗樽の酒を、蕎麦猪口を盃代わりに飲みながら、北村舜藍と五十六に話しかけた。

「大番頭さん、酔いどれ様は緒方屋なる花火屋に従っておるのですかな」

と五十六が尋ねた。

「さあて、ここのところ赤目様はご多忙でゆっくりと話す機会もございませんでな」

と応じた観右衛門が、

「おりょう様はご存じですかな」

とおりょうに水を向けた。

「いえ、私も聞かされておりません。駿太郎はどうですか」

「母上、緒方屋は花火船を出して花火を打ち上げるほどの花火屋ではございません。深川の岸から花火を打ち上げるのではありませんか」

と答えた。だが、駿太郎もその場所がどこか知らなかった。

「天下の酔いどれ様が一枚嚙んだ話です。それに花火名人の俊吉さんが命を張って、この世の名残りに魂をこめた花火です。花火の費えの元になった四斗樽の贈り主の水戸様、伊達様、薩摩様方のお名前のためにも、必ずやそれなりの時と場所を選んで打ち上げられると思いますがな」

もはや大川の流れも花火見物の川船でいっぱいになり、両国橋は立錐《りっすい》の余地もないほどの見物客で埋まっていた。

次々に橋の上流からは玉屋の、そして下流からは鍵屋の花火船が仕掛け花火や筒物と呼ばれる打ち上げ花火を上げて競い合っていた。

だが、緒方屋の花火は未だ上げられたようには思えなかった。

「おりょう様、なぜ掛け声は玉屋ばかりが多いのでしょう」

と初めて花火船から見物するお夕が聞いた。おりょうも困った顔をした。すると五十六が、

「さあて、私も仔細は存じません。御歌学者の舜藍様と歌人のおりょう様に披露するのは僭越至極ですがな、『玉やだと　又またぬかすわと　鍵やいい』という川柳がございますな」

と舜藍を見ると、

「いやいや久慈屋のご隠居は物知りじゃな。さような川柳がありましたか」

と感心した。それで意気込んだ隠居が、

「鍵屋が本家で玉屋は分家、鍵屋の番頭だった清七さんが玉屋なる花火屋を造ったとは聞いております。長年続く鍵屋よりまだ日が浅い玉屋を応援する判官贔屓《ほうがんびいき》の掛け声が多いのですかな」

「祖父上、花火屋がなにゆえ鍵屋とか玉屋の屋号になったのでしょうか」

駿太郎が北村舜藍に尋ねた。

舜藍は盃を手にゆっくりと酒を楽しみながら、

「そのことは承知じゃぞ、駿太郎。鍵屋の稲荷祠の狐がな、鍵をくわえていることから鍵屋の屋号がついたと、聞いたことがある。玉屋はもう一方の狐が宝珠《ほうじゅ》をくわえているので、玉屋にしたそうだ。これでよいかのう、久慈屋の隠居どの」

「私もさような話を聞いたことがございますよ」

久慈屋の花火船は周りを取り巻く猪牙舟の客に四斗樽の酒をお裾分けしながら、緒方屋の花火が上がるのを今や遅しと待ち受けていた。

中には久慈屋の花火船と気付いた客がいて、

「おや、久慈屋のご一統、今宵は酔いどれ小籐次の旦那のお姿が見えませんな」

「それですよ。今年の川開きの仕掛け人はどこにおるのでしょうかな」

などと観右衛門が応えていた。

ともあれ橋上から花火客が叫ぶ声は、断然玉屋への掛け声が多かった。

「ご時世で今年の川開きは寂しいと聞きましたが、大変な賑いになりましたな。それもこれも酔いどれ様のお力です、舜藍様」

五十六が舜藍に話しかけた。

「その酔いどれどのじゃが、この賑いのどこにおるのかのう」

と案じ顔の舜藍が娘を見た。

「父上、わが夫《せ》が皆様方を残念がらせることもございますまい。この界隈でなんぞ思案しておられますよ」

とおりょうが平然とした口調で答えた。

そのとき、小籐次は大川左岸、両国橋下流の岸辺に二千坪と広がる水戸家石揚場にいた。

その傍らには戸板に夜具が敷かれ、俊吉が両眼を瞑って花火の音を聞いていた。

いよいよ鍵屋と玉屋の競い合いが最高潮に達したころ、俊吉が最後の力を振り絞ってぎらりと両眼を開けた。

「親父、仕度は万全だぜ」

それに気付いた倅の華吉が俊吉に話しかけた。

この十日余りで華吉は変わった。三年前の事故以前の華吉に、いや、それ以上に一人前の花火職人としての自信を身につけていた。親方の六左衛門も俊吉の傍らにきて、

「俊吉、しっかりとおめえの倅どもが造った花火を見て、あの世に旅立ちねえ」

と死を覚悟している俊吉に言った。

ふつう臨終を控えた病人や年寄りの前でかような言葉を口にすることはあるまい。だが、この十余日の俊吉の頑張りは生死を超越した凄みがあった。ゆえに六左衛門も敢えて禁忌の言葉を口にしたのだ。

一方俊吉もこっくりと頷き、女房のおなんや舅に付き添ってきた嫁のおさとに眼差しを送った。するとおさとが心得たように貧乏徳利と茶碗を小籐次に差し出した。

「お義父つぁんからの礼です。赤目様、一杯飲んでやってください」

と願った。

「なに、酒まで用意してくれたか。よかろう、俊吉どの、そなたの気持ち、頂戴しよう」

茶碗に注がれた酒に口を寄せた小籐次が、

「なんとも香りがよいな」

と言い、ゆっくりと茶碗酒を飲み干した。

「うまい、うまいぞ、俊吉どの」

と言った小籐次が職人衆を呼び、

「よいか、俊吉が最後に関わった緒方屋の花火、乱れ打ちの上々首尾を願っての酒だ。皆で分け合って飲もうではないか」

小籐次自らが職人たちの茶碗に酒を注いで回った。そして、最後に華吉が小籐次の空の茶碗を満たした。

「緒方屋の花火造りは向後そなたらの手でなされる、分っていような。名人俊吉は来年の川開きはあの世から見守っておるからな」

と小籐次も別れの酒であることを宣告した。

一同が茶碗酒を一気に飲み干した。

ドドドーン、ドドン！

と鍵屋玉屋の花火が終わった。

一際大きな歓声が沸き起こり、そのあと、静寂が一瞬両国橋界隈を支配した。

そのとき、緒方屋の職人衆が岸辺に並べた仕掛け花火に火を点けた。

「え、まだ終わってねえのか」

と万余の見物の衆が思ったとき、鍵屋とも玉屋とも違う仕掛け花火が見物客を引き付けた。

「おおー、こいつが読売に書いてあった、酔いどれ小籐次が花火造りの元名人緒方屋の俊吉を病の床から引っ張りだして造った花火じゃねえか」

大川の対岸、両国橋の橋上、大川の花火船の客たちが一斉に水戸家の石揚場の仕掛け花火を注視した。だが、それは長くは続かなかった。

百発の打ち上げ花火の前に火縄を手にした職人が六左衛門親方の合図を待っていた。

「よし、八右衛門新田の花火屋緒方屋の一統が名人俊吉をあの世に送り出す乱れ打ちだ。父つぁん、よく見てくんな」

と六左衛門が自らも火縄を手に火を点した。職人たちも倣った。だが、華吉だけが未だ動かなかった。

百発の打ち上げ花火が夜空に、

シュルシュルシュル

と音を引いて高く上がり、

ドドーン！

と雷鳴のような音を響かせた。

鍵屋玉屋の筒物は一発一発間をおいて打ち上げられた。

だが、俊吉が長年、創意工夫してきた「乱れ打ち」は、夜空に一斉に大輪の華を次々に咲かせて見せた。そして、無数の火の粉がゆっくりと真夏に雪が降るように散ってきた。

どおっ！

という地鳴りのような歓声が、直後感動の静寂へと変わった。だが、それで終わりではなかった。

「乱れ打ち」が大川の流れに消えていったとき、華吉が、

「親父、見てくれよ」

と叫ぶと、火縄で一段と大きな筒物に火を点けた。

大きな尺玉が水戸家石揚場から夜空に高く高く上がっていった。

静寂の中、これまでのどの花火より高く上がった尺玉が音もなく花開いた。赤から橙色と微妙で多彩な色合いの光と複雑な音の重なりが、文政八年の川開きの掉尾《とうび》を静かに飾った。

万余の見物客を沈黙させ、深い感動に導く余韻に満ちた色と音の花火だった。

小籐次は微妙に変化する花火の光で俊吉の顔をじいっと見ていた。

花火の光と色に染め変えられる俊吉の顔が満足げに微笑んだ。次の瞬間には、

ことりと苦しみもなく微笑みをこの世に残して彼岸への旅立ちをしたことを、小籐次らは認めた。

小籐次は、宝井其角の、

「一両が花火間もなき光哉」

の俳句を思い出し、

(俊吉、おまえさんが編み出した色と音の花火の粋は華吉たちに受け継がれた)

と胸のなかで呟いていた。

翌日の夕暮れ、駿太郎が漕ぐ舟で小籐次が望外川荘に戻ると、船着場に一艘の船が止まっており、縁側で中田新八とおしんがおりょうと談笑していた。

小籐次の姿に気付いたおりょうが、

「ご苦労様にございました」

と労いの言葉をかけた。

「終わりましたか」

とおしんが俊吉の弔いが終わったか、と尋ねた。

「終わった」

と答えた小籐次の声には疲れがあった。

おりょうが読売を差し出し、

「上様も大奥の御櫓から俊吉さんの花火をご覧になったそうでございます」

と言った。

「そうか、上様もご覧になったか」

次直を抜いた小籐次はおしんの隣りに腰を下ろした。

「漏れ聞くところによりますと上様は『今年の川開きの花火は、なんとも艶やかにして心に染み入る花火であった』と申されたとか」

「うれしいかぎりである」

「上様はまた『赤目小籐次め、にくいやつよのう』とも満足げに申されたとか」

「公方様は、わしがにくいか」

「好き放題に生きておるようで人の気持ちをぐいっと摑むと申されたのではないでしょうか」

とおしんが言った。

「水戸様や伊達様方は、わしの勝手をお許しあったか」

小籐次の呟きにおりょうが、

「四十七家の中から用人様や御留守居役様方お三方がわが家に参られ、祝意を述べていかれました。城中で申し合わされたようで、『こたびは四斗樽は贈らぬ。また読売に当家の名がああ麗々しく載せられても敵わぬゆえな』と嬉しそうに笑いながら、いい残されていかれました」

「そろそろ生き方を変えぬといかぬな」

「赤目様、その齢で生き方を改められますか。止めてくだされ、江戸が寂しくなりましょう。公方様もお力落としになりましょう」

おしんは最後に言い残して、新八といっしょに望外川荘を去っていった。

小籐次はおりょうの勧めで湯殿に直行し、湯に浸かって俊吉の通夜と弔いを思った。

花火が終わったあと、八右衛門新田に引き上げた一行は、通夜をなした。そして、一夜明けた本日に近くの寺、慈眼寺で弔いを催したのだ。

哀しみ、寂しさのなかに、俊吉が我が身を削って見せてくれた職人魂を目のあたりにした倅の華吉をはじめ職人衆は、最後の半月ほどをいっしょに俊吉とすごすことができた喜びと充足を感じていた。

脱衣場に人影が差した。

おりょうだった。

「おまえ様、父が文を寄越して、なんとも楽しく人の来し方を考えさせる川開きの一夜であった。あのような花火の宵はこれまで経験したこともない。りょうの亭主どのは三国一の婿どのじゃ、りょうの人を見る眼の確かさに改めて驚かされたと、認められてきました」

「わしはそなたの亭主としてふさわしいかどうか。ただそなたといっしょに暮らす喜びは何事にも代えがたい」

と小籐次は応じていた。

しばし間があったあと、おりょうが、

「それにしてもおまえ様は多忙過ぎます。俊吉さんは身を削って花火職人としての技や生き方を倅さんや後輩たちに伝えて逝かれましたが、おまえ様も同じように身を削っておられます」

「そうはいうてものう。上様のお召しは断われまい。そのことがきっかけでかように花火の宵まで多忙が続いた」

「はい。おまえ様は頼まれれば上様であろうと成田屋さんであろうと、誠意をもって尽くされます」

「それほど大したことはなしてないがのう」

と応じた小籐次に、

「中田様とおしんさんがおまえ様に伝えてくれと、りょうに頼んでいかれたことがございます」

「なんだな」

「青山の殿様のお言葉です」

「ほう、老中青山忠裕様がなにを申された」

「駿太郎は十二とはいえ、すでに分別を持っている。剣術の修行も日々の生計も父親に倣って立派に務めておる。どうだ、この辺で家族だけで旅をしてみぬか、とのお言葉でございます」

「旅じゃと。久慈屋の隠居どのに従い、伊勢に参ったばかりじゃぞ」

「それはいくら親しいとは申せ、他人様に従ってのこと。青山の殿様が申されるのは、一家三人で水入らずの旅をしてこいとのご提案にございます」

小籐次はなんとなく行き先の推量がついた。果たして、

「駿太郎の親御の生地、わが領地丹波篠山を見てこぬか、と有難い仰せでございます」

とおりょうが言った。

赤子の駿太郎を育て始めて以来、小籐次にはずっと気掛かりだった一件だった。

「そうか、青山の殿様がそう申されたか」

「有難い仰せではございませんか。育ての親の私どもが駿太郎の真の親になるために、須藤平八郎様と小出お英様の故郷に参る。いつかは果たさねばならぬ、大事な親の務めにございましょう」

「いかにもさよう。それにしても往路に二十数日、帰路に京、奈良と立ち寄るとして二月以上か」

「殿様はこの間くらい自分たちのために日々を過ごせ、と申しておられるのです」

「おりょう、そなたの考えはどうだ」

「決まっております」

「駿太郎は承知か」

「はい」

しばし湯の中で沈黙していた小籐次が声を忍ばせて笑った。

「行かれますね」

とおりょうが催促した。

「駿太郎の生地を見に参るか」

「はい」

と答えたおりょうの気配が消えた。

小籐次は、

(夏の暑さが峠を越えた秋口に出立かのう)

となんとなく鹿島立ちの日を考えていた。

文政八年五月二十九日の宵だった。

この作品は文春文庫のために書き下ろされたものです。

文春文庫

定価はカバーに表示してあります

夏《なつ》の雪《ゆき》

新《しん》・酔《よ》いどれ小藤次《ことうじ》（十二）

2018年8月10日　第1刷

著　者　佐《さ》伯《えき》泰《やす》英《ひで》

発行者　花田朋子
発行所　株式会社　文藝春秋

東京都千代田区紀尾井町 3-23　〒102-8008
TEL 03・3265・1211(代)
文藝春秋ホームページ　http://www.bunshun.co.jp

落丁、乱丁本は、お手数ですが小社製作部宛お送り下さい。送料小社負担でお取替致します。

印刷・凸版印刷　製本・加藤製本　Printed in Japan
ISBN978-4-16-791114-0

酔いどれ小籐次

各シリーズ好評発売中！

無類の酒好きにして、来島水軍流の達人。
〝酔いどれ〟小籐次ここにあり！

新・酔いどれ小籐次

① 神隠《かみかく》し
② 願《がん》かけ
③ 桜吹雪《はなふぶき》
④ 姉《あね》と弟《おとうと》
⑤ 柳《やなぎ》に風《かぜ》
⑥ らくだ
⑦ 大晦《おおつごもり》り
⑧ 夢三夜《ゆめさんや》
⑨ 船参宮《ふなさんぐう》
⑩ げんげ
⑪ 椿落《つばきお》つ
⑫ 夏《なつ》の雪《ゆき》

酔いどれ小籐次〈決定版〉

① 御鑓拝借《おやりはいしゃく》
② 意地《いじ》に候《そうろう》
③ 寄残花恋《のこりはなよするこい》
④ 一首千両《ひとくびせんりょう》
⑤ 孫六兼元《まごろくかねもと》
⑥ 騒乱前夜《そうらんぜんや》
⑦ 子育《こそだ》て侍《ざむらい》
⑧ 竜笛嫋々《りゅうてきじょうじょう》
⑨ 春雷道中《しゅんらいどうちゅう》
⑩ 薫風鯉幟《くんぷうこいのぼり》
⑪ 偽小籐次《にせことうじ》
⑫ 杜若艶姿《とじゃくあですがた》
⑬ 野分一過《のわきいっか》
⑭ 冬日淡々《ふゆびたんたん》
⑮ 新春歌会《しんしゅんうたかい》
⑯ 旧主再会《きゅうしゅさいかい》
⑰ 祝言日和《しゅうげんびより》
⑱ 政宗遺訓《まさむねいくん》
⑲ 状箱騒動《じょうばこそうどう》

小籐次青春抄

品川《しながわ》の騒《さわ》ぎ・野鍛冶《のかじ》

キリトリ線

佐伯泰英

文庫時代小説◉全作品チェックリスト

二〇一八年八月現在
監修／佐伯泰英事務所

どこまで読んだか、
チェック用にどうぞご活用ください。
キリトリ線で切り離すと、
書店に持っていくにも便利です。

掲載順はシリーズ名の五十音順です。
品切れの際はご容赦ください。

佐伯泰英事務所公式ウェブサイト「佐伯文庫」 http://www.saeki-bunko.jp/

双葉文庫

居眠り磐音 江戸双紙

いねむりいわね　えどぞうし

- □①陽炎ノ辻　かげろうのつじ
- □②寒雷ノ坂　かんらいのさか
- □③花芒ノ海　はなすすきのうみ
- □④雪華ノ里　せっかのさと
- □⑤龍天ノ門　りゅうてんのもん
- □⑥雨降ノ山　あふりのやま
- □⑦狐火ノ杜　きつねびのもり
- □⑧朔風ノ岸　さくふうのきし
- □⑨遠霞ノ峠　えんかのとうげ
- □⑩朝虹ノ島　あさにじのしま
- □⑪無月ノ橋　むげつのはし
- □⑫探梅ノ家　たんばいのいえ
- □⑬残花ノ庭　ざんかのにわ
- □⑭夏燕ノ道　なつつばめのみち
- □⑮驟雨ノ町　しゅううのまち
- □⑯螢火ノ宿　ほたるびのしゅく
- □⑰紅椿ノ谷　べにつばきのたに
- □⑱捨雛ノ川　すてびなのかわ
- □⑲梅雨ノ蝶　ばいうのちょう
- □⑳野分ノ灘　のわきのなだ
- □㉑鯖雲ノ城　さばぐものしろ
- □㉒荒海ノ津　あらうみのつ
- □㉓万両ノ雪　まんりょうのゆき
- □㉔朧夜ノ桜　ろうやのさくら
- □㉕白桐ノ夢　しろぎりのゆめ
- □㉖紅花ノ邨　べにばなのむら
- □㉗石榴ノ蠅　ざくろのはえ
- □㉘照葉ノ露　てりはのつゆ
- □㉙冬桜ノ雀　ふゆざくらのすずめ
- □㉚侘助ノ白　わびすけのしろ
- □㉛更衣ノ鷹　きさらぎのたか　上
- □㉜更衣ノ鷹　きさらぎのたか　下
- □㉝孤愁ノ春　こしゅうのはる
- □㉞尾張ノ夏　おわりのなつ
- □㉟姥捨ノ郷　うばすてのさと
- □㊱紀伊ノ変　きいのへん
- □㊲一矢ノ秋　いっしのとき
- □㊳東雲ノ空　しののめのそら
- □㊴秋思ノ人　しゅうしのひと
- □㊵春霞ノ乱　はるがすみのらん
- □㊶散華ノ刻　さんげのとき
- □㊷木槿ノ賦　むくげのふ
- □㊸徒然ノ冬　つれづれのふゆ
- □㊹湯島ノ罠　ゆしまのわな
- □㊺空蟬ノ念　うつせみのねん
- □㊻弓張ノ月　ゆみはりのつき
- □㊼失意ノ方　しついのかた
- □㊽白鶴ノ紅　はっかくのくれない
- □㊾意次ノ妄　おきつぐのもう
- □㊿竹屋ノ渡　たけやのわたし
- □51旅立ノ朝　たびだちのあした

【シリーズ完結】

□シリーズガイドブック
「居眠り磐音 江戸双紙」読本
（特別書き下ろし小説・シリーズ番外編
「跡継ぎ」収録）

キリトリ線

□ 居眠り磐音 江戸双紙 帰着準備号
橋の上《はしのうえ》
（特別収録「著者メッセージ&インタビュー」
「磐音が歩いた『江戸』案内」「年表」）

□ 吉田版「居眠り磐音」江戸地図
磐音が歩いた江戸の町
（文庫サイズ箱入り）
超特大地図＝縦75cm×横80cm

ハルキ文庫

鎌倉河岸捕物控《かまくらがしとりものひかえ》

□ ① 橘花の仇《きっかのあだ》
□ ② 政次、奔る《せいじ、はしる》
□ ③ 御金座破り《ごきんざやぶり》
□ ④ 暴れ彦四郎《あばれひこしろう》
□ ⑤ 古町殺し《こまちごろし》
□ ⑥ 引札屋おもん《ひきふだやおもん》
□ ⑦ 下駄貫の死《げたかんのし》
□ ⑧ 銀のなえし《ぎんのなえし》
□ ⑨ 道場破り《どうじょうやぶり》
□ ⑩ 埋みの棘《うずみのとげ》
□ ⑪ 代がわり《だいがわり》
□ ⑫ 冬の蜉蝣《ふゆのかげろう》
□ ⑬ 独り祝言《ひとりしゅうげん》
□ ⑭ 隠居宗五郎《いんきょそうごろう》
□ ⑮ 夢の夢《ゆめのゆめ》
□ ⑯ 八丁堀の火事《はっちょうぼりのかじ》
□ ⑰ 紫房の十手《むらさきぶさのじって》
□ ⑱ 熱海湯けむり《あたみゆけむり》
□ ⑲ 針いっぽん《はりいっぽん》
□ ⑳ 宝引きさわぎ《ほうびきさわぎ》
□ ㉑ 春の珍事《はるのちんじ》
□ ㉒ よっ、十一代目！《よっ、じゅういちだいめ》
□ ㉓ うぶすな参り《うぶすなまいり》
□ ㉔ 後見の月《うしろみのつき》
□ ㉕ 新友禅の謎《しんゆうぜんのなぞ》
□ ㉖ 閉門謹慎《へいもんきんしん》
□ ㉗ 店仕舞い《みせじまい》
□ ㉘ 吉原詣で《よしわらもうで》
□ ㉙ お断り《おことわり》
□ ㉚ 嫁入り《よめいり》
□ ㉛ 島抜けの女《しまぬけのおんな》
□ ㉜ 流れの勘蔵《ながれのかんぞう》
【シリーズ完結】

□ シリーズガイドブック
「鎌倉河岸捕物控」読本
（特別書き下ろし小説・シリーズ番外編
「寛政元年の水遊び」収録）

□ シリーズ副読本
鎌倉河岸捕物控 街歩き読本

双葉文庫

空也十番勝負 青春篇《くうやじゅうばんしょうぶ せいしゅんへん》

□ ① 声なき蟬《こえなきせみ》 上
□ ② 声なき蟬《こえなきせみ》 下
□ ③ 恨み残さじ《うらみのこさじ》

キリトリ線

□ ④ 剣と十字架《けんとじゅうじか》
□ ⑤ 異郷のぞみし《いきょうのぞみし》

講談社文庫

交代寄合伊那衆異聞《こうたいよりあいいなしゅういぶん》

□ ① 変化《へんげ》
□ ② 雷鳴《らいめい》
□ ③ 風雲《ふううん》
□ ④ 邪宗《じゃしゅう》
□ ⑤ 阿片《あへん》
□ ⑥ 攘夷《じょうい》
□ ⑦ 上海《しゃんはい》
□ ⑧ 黙契《もっけい》
□ ⑨ 御暇《おいとま》
□ ⑩ 難航《なんこう》
□ ⑪ 海戦《かいせん》
□ ⑫ 謁見《えっけん》
□ ⑬ 交易《こうえき》
□ ⑭ 朝廷《ちょうてい》
□ ⑮ 混沌《こんとん》
□ ⑯ 断絶《だんぜつ》
□ ⑰ 散斬《ざんぎり》
□ ⑱ 再会《さいかい》
□ ⑲ 茶葉《ちゃば》
□ ⑳ 開港《かいこう》
□ ㉑ 暗殺《あんさつ》
□ ㉒ 血脈《けつみゃく》
□ ㉓ 飛躍《ひやく》

【シリーズ完結】

ハルキ文庫

長崎絵師通吏辰次郎《ながさきえしとおりしんじろう》

□ ① 悲愁の剣《ひしゅうのけん》
□ ② 白虎の剣《びゃっこのけん》

光文社文庫

夏目影二郎始末旅《なつめえいじろうしまつたび》

□ ① 八州狩り《はっしゅうがり》
□ ② 代官狩り《だいかんがり》
□ ③ 破牢狩り《はろうがり》
□ ④ 妖怪狩り《ようかいがり》
□ ⑤ 百鬼狩り《ひゃっきがり》
□ ⑥ 下忍狩り《げにんがり》
□ ⑦ 五家狩り《ごけがり》
□ ⑧ 鉄砲狩り《てっぽうがり》
□ ⑨ 奸臣狩り《かんしんがり》
□ ⑩ 役者狩り《やくしゃがり》
□ ⑪ 秋帆狩り《しゅうはんがり》
□ ⑫ 鵺女狩り《ぬえめがり》
□ ⑬ 忠治狩り《ちゅうじがり》

キリトリ線

キリトリ線

□⑭奨金狩り《しょうきんがり》
□⑮神君狩り《しんくんがり》
【シリーズ完結】
□シリーズガイドブック
夏目影二郎「狩り」読本
（特別書き下ろし小説・シリーズ番外編
「位の桃井に鬼が棲む」収録）

祥伝社文庫
秘剣《ひけん》

□①秘剣雪割り《ひけんゆきわり》 悪松・棄郷編《わるまつ・ききょうへん》
□②秘剣瀑流返し《ひけんばくりゅうがえし》 悪松・対決「鎌鼬」《わるまつ・たいけつかまいたち》
□③秘剣乱舞《ひけんらんぶ》 悪松・百人斬り《わるまつ・ひゃくにんぎり》
□④秘剣孤座《ひけんこざ》
□⑤秘剣流亡《ひけんりゅうぼう》

新潮文庫
古着屋総兵衛初傳《ふるぎやそうべえ しょでん》

□光圀《みつくに》
（新潮文庫百年特別書き下ろし作品）

新潮文庫
古着屋総兵衛影始末《ふるぎやそうべえかげしまつ》

□①死闘《しとう》
□②異心《いしん》
□③抹殺《まっさつ》
□④停止《ちょうじ》
□⑤熱風《ねっぷう》
□⑥朱印《しゅいん》
□⑦雄飛《ゆうひ》
□⑧知略《ちりゃく》
□⑨難破《なんぱ》
□⑩交趾《こうち》
□⑪帰還《きかん》
【シリーズ完結】

新潮文庫
新・古着屋総兵衛《しん・ふるぎやそうべえ》

□①血に非ず《ちにあらず》
□②百年の呪い《ひゃくねんののろい》
□③日光代参《にっこうだいさん》
□④南へ舵を《みなみへかじを》
□⑤〇に十の字《まるにじゅのじ》
□⑥転び者《ころびもん》
□⑦二都騒乱《にとそうらん》
□⑧安南から刺客《アンナンからしかく》

□⑨たそがれ歌麿《たそがれうたまろ》
□⑩異国の影《いこくのかげ》
□⑪八州探訪《はっしゅうたんぼう》
□⑫死の舞い《しのまい》
□⑬虎の尾を踏む《とらのおをふむ》
□⑭にらみ《にらみ》
□⑮故郷はなきや《こきょうはなきや》
□⑯敦盛おくり《あつもりおくり》

祥伝社文庫

完本 密命《かんぽん みつめい》

□①完本 密命 見参！《けんざん》 寒月霞斬り《かんげつかすみぎり》
□②完本 密命 弦月三十二人斬り《げんげつさんじゅうににんぎり》
□③完本 密命 残月無想斬り《ざんげつむそうぎり》
□④完本 密命 刺客《しかく》 斬月剣《ざんげつけん》
□⑤完本 密命 火頭《かとう》 紅蓮剣《ぐれんけん》
□⑥完本 密命 兇刃《きょうじん》 一期一殺《いちごいっさつ》
□⑦完本 密命 初陣《ういじん》 霜夜炎返し《そうやほむらがえし》
□⑧完本 密命 悲恋《ひれん》 尾張柳生剣《おわりやぎゅうけん》
□⑨完本 密命 極意《ごくい》 御庭番斬殺《おにわばんざんさつ》
□⑩完本 密命 遺恨《いこん》 影ノ剣《かげのけん》
□⑪完本 密命 残夢《ざんむ》 熊野秘法剣《くまのひほうけん》
□⑫完本 密命 乱雲《らんうん》 傀儡剣合わせ鏡《くぐつけんあわせかがみ》
□⑬完本 密命 追善《ついぜん》 死の舞《しのまい》
□⑭完本 密命 遠謀《えんぼう》 血の絆《ちのきずな》
□⑮完本 密命 無刀《むとう》 父子鷹《おやこだか》
□⑯完本 密命 烏鷺《うろ》 飛鳥山黒白《あすかやまこくびゃく》
□⑰完本 密命 初心《しょしん》 闇参籠《やみさんろう》
□⑱完本 密命 遺髪《いはつ》 加賀の変《かがのへん》
□⑲完本 密命 意地《いじ》 具足武者の怪《ぐそくむしゃのかい》
□⑳完本 密命 宣告《せんこく》 雪中行《せっちゅうこう》
□㉑完本 密命 相剋《そうこく》 陸奥巴波《みちのくともえなみ》
□㉒完本 密命 再生《さいせい》 恐山地吹雪《おそれざんじふぶき》
□㉓完本 密命 仇敵《きゅうてき》 決戦前夜《けっせんぜんや》
□㉔完本 密命 切羽《せっぱ》 潰し合い中山道《つぶしあいなかせんどう》
□㉕完本 密命 覇者《はしゃ》 上覧剣術大試合《じょうらんけんじゅつおおじあい》
□㉖完本 密命 晩節《ばんせつ》 終の一刀《ついのいっとう》

【シリーズ完結】

□シリーズガイドブック
「密命」読本
(特別書き下ろし小説・シリーズ番外編
「虚けの龍」収録)

文春文庫

小籐次青春抄《ことうじせいしゅんしょう》

□品川の騒ぎ《しながわのさわぎ》・野鍛冶《のかじ》

キリトリ線

キリトリ線

文春文庫
酔いどれ小籐次《よいどれことうじ》

□①御鑓拝借　おやりはいしゃく
□②意地に候　いじにそうろう
□③寄残花恋　のこりはなよするこい
□④一首千両　ひとくびせんりょう
□⑤孫六兼元　まごろくかねもと
□⑥騒乱前夜　そうらんぜんや
□⑦子育て侍　こそだてざむらい
□⑧竜笛嫋々　りゅうてきじょうじょう
□⑨春雷道中　しゅんらいどうちゅう
□⑩薫風鯉幟　くんぷうこいのぼり
□⑪偽小籐次　にせことうじ
□⑫杜若艶姿　とじゃくあですがた
□⑬野分一過　のわきいっか
□⑭冬日淡々　ふゆびたんたん
□⑮新春歌会　しんしゅんうたかい
□⑯旧主再会　きゅうしゅさいかい
□⑰祝言日和　しゅうげんびより
□⑱政宗遺訓　まさむねいくん
□⑲状箱騒動　じょうばこそうどう
【シリーズ完結】

文春文庫
新・酔いどれ小籐次《しん・よいどれことうじ》

□①神隠し　かみかくし
□②願かけ　がんかけ
□③桜吹雪　はなふぶき
□④姉と弟　あねとおとうと
□⑤柳に風　やなぎにかぜ
□⑥らくだ　らくだ
□⑦大晦り　おおつごもり
□⑧夢三夜　ゆめさんや
□⑨船参宮　ふなさんぐう
□⑩げんげ　げんげ
□⑪椿落つ　つばきおつ
□⑫夏の雪　なつのゆき

光文社文庫
吉原裏同心《よしわらうらどうしん》

□①流離　りゅうり
□②足抜　あしぬき
□③見番　けんばん
□④清搔　すががき
□⑤初花　はつはな
□⑥遣手　やりて
□⑦枕絵　まくらえ
□⑧炎上　えんじょう
□⑨仮宅　かりたく
□⑩沽券　こけん
□⑪異館　いかん
□⑫再建　さいけん
□⑬布石　ふせき

キリトリ線

（　）内は解説者。品切の節はご容赦下さい。

あさのあつこ
燦《さん》 1 風の刃《やいば》
疾風のように現れ、藩主を襲った異能の刺客・燦。彼と剣を交えた家老の嫡男・伊月。別世界で生きていた二人には隠された宿命があった。少年の葛藤と成長を描く文庫オリジナルシリーズ。
あ-43-5

あさのあつこ
燦 2 光の刃
江戸での生活がはじまった。伊月は藩の世継ぎ・圭寿と大名屋敷住まい。長屋暮らしの燦と、伊月が出会った矢先に不吉な知らせが。少年が江戸を奔走する文庫オリジナルシリーズ第二弾！
あ-43-6

あさのあつこ
燦 3 土の刃
「圭寿、死ね」。江戸の大名屋敷に暮らす田鶴藩の後嗣に、闇から男が襲いかかった。静寂を切り裂き、忍び寄る魔の手の正体は。そのとき伊月は、燦は。文庫オリジナルシリーズ第三弾。
あ-43-8

あさのあつこ
燦 4 炎の刃
「闇神波は我らを根絶やしにする気だ」。江戸で男が次々と斬りつけられる中、燦は争う者の手触りを感じる。一方、伊月は圭寿の亡き兄の側室から面会を求められる。シリーズ第四弾。
あ-43-11

あさのあつこ
燦 5 氷の刃
表に立たざるをえなくなった田鶴藩の後嗣・圭寿、彼に寄り添う伊月、そして闇神波の生き残りと出会った燦。圭寿の亡き兄が寵愛した妖婦・静門院により、少年たちの関係にも変化が。
あ-43-14

あさのあつこ
燦 6 花の刃
「手伝ってくれ、燦。頼む」藩政を立て直す覚悟を決めた圭寿は燦に協力を仰ぐ。静門院とお吉のふたりの女子は、驚くべき方法で伊月と圭寿に近づくが——。急展開の第六弾。
あ-43-15

あさのあつこ
燦 7 天の刃
田鶴藩に戻った燦は、篠音の身の上を聞き、ある決意をする。城では圭寿が、藩政の核心を突く質問を伊月の父・伊佐衛門に投げかけていた——。少年たちが闘うシリーズ第七弾。
あ-43-17

（　）内は解説者。品切の節はご容赦下さい。

稲葉 稔
ちょっと徳右衛門
幕府役人事情

剣の腕は確か、上司の信頼も厚いのに、家族が最優先と言い切るマイホーム侍・徳右衛門。とはいえ、やっぱり出世も同僚の噂も気になって…新感覚の書き下ろし時代小説！

い-91-1

稲葉 稔
ありゃ徳右衛門
幕府役人事情

同僚の道ならぬ恋を心配し、若造に馬鹿にされ、妻は奥様同士のつきあいに不満を溜めている。リアリティ満載の新感覚時代小説！　家庭最優先の与力・徳右衛門シリーズ第二弾。

い-91-2

稲葉 稔
やれやれ徳右衛門
幕府役人事情

色香に溺れ、ワケありの女をかくまってしまった部下の窮地を救えるか？　役人として男として、答えを要求されるマイホーム侍・徳右衛門。果たして彼は〝最大の敵〟を倒せるのか。

い-91-3

稲葉 稔
疑わしき男
幕府役人事情 浜野徳右衛門

与力・津野惣十郎に絡まれた徳右衛門。しまいには果たし合いを申し込まれる。困り果てていたところに起こった人殺し事件。徒目付の嫌疑は徳右衛門に――。危うし、マイホーム侍！

い-91-4

稲葉 稔
五つの証文
幕府役人事情 浜野徳右衛門

従兄の山崎芳則が札差の大番頭殺しの容疑をかけられた。潔白を証明せんと一肌脱ぐ徳右衛門。が、そのせいで妻のあらぬ疑いを招くはめに。われらがマイホーム侍、今回も右往左往！

い-91-5

稲葉 稔
人生胸算用

郷士の長男という素性を隠し、深川の穀物問屋に奉公に入った辰馬。胸に秘めるは「大名に頭を下げさせる商人になる」という決意。清々しくも温かい時代小説、これぞ稲葉稔の真骨頂！

い-91-11

風野真知雄
死霊の星
くノ一秘録3

彗星が夜空を流れ、人々はそれを弾正星と呼んだ――。松永弾正久秀が愛用する茶釜に隠された死霊の謎。狐憑きが帝の御所で跋扈するなか、くノ一の蛍は命がけで松永を探る！

か-46-26

文春文庫　書きおろし時代小説

（　）内は解説者。品切の節はご容赦下さい。

篠 綾子
墨染の桜
更紗屋おりん雛形帖
京の呉服商「更紗屋」の一人娘・おりんは、将軍継嗣問題に巻き込まれ、父も店も失った。貧乏長屋住まいを物ともせず、店の再建のために健気に生きる少女の江戸人情時代小説。（島内景二）
し-56-1

篠 綾子
黄蝶の橋
更紗屋おりん雛形帖
犯罪組織「子捕り蝶」に誘拐された子供を奪還すべく奔走するおりん。事件の真相に迫ると、藩政を揺るがす悲しい現実があった。少女が清らかに成長していく江戸人情時代小説。（葉室　麟）
し-56-2

篠 綾子
紅い風車
更紗屋おりん雛形帖
勘当され行方知れずとなっていた兄・紀兵衛と再会したおりん。喜びもつかの間、兄の修業先・神田紺屋町で起こった染師毒殺事件の犯人として紀兵衛が捕縛されてしまう。（岩井三四二）
し-56-3

篠 綾子
山吹の炎
更紗屋おりん雛形帖
ついに神田に店を出すことになり更紗屋再興に近づいたおりん。ところが大火で店が焼けてしまう。身を寄せた寺で出会ったお七という少女が、おりんの恋に暗い翳を落とす。（大矢博子）
し-56-4

篠 綾子
白露の恋
更紗屋おりん雛形帖
想い人・蓮次が吉原に通いつめ、生まれて初めて恋の苦しさと嫉妬に翻弄されるおりん。一方、熙姫は亡き恋人とおりんのために将軍綱吉の大奥入りへと心を動かされ…。（細谷正充）
し-56-5

篠 綾子
紫草《むらさき》の縁《ゆかり》
更紗屋おりん雛形帖
弟の仇討のため江戸を出た蓮次と別れたおりんは、悲しみから、針を持てず縫物ができなくなってしまう。大奥入りした熙姫の依頼で、将軍綱吉主催の大奥衣裳対決に臨むが……。（菊池　仁）
し-56-6

鳥羽 亮
八丁堀吟味帳
鬼彦組
北町奉行所同心の惨殺屍体が発見された。自殺にみせかけた殺人事件を捜査しているうちに、消されたらしい。吟味方与力・彦坂新十郎と仲間の同心達は奮い立つ！　シリーズ第1弾！
と-26-1

（　）内は解説者。品切の節はご容赦下さい。

野口 卓
犬の証言
ご隠居さん㈢
五歳で死んだ一人息子が見知らぬ夫婦の子として生れ変っていた？　愛犬クロのとった行動に半信半疑の両親は――鏡磨ぎの梟助じいさんが様々な「絆」を紡ぐ傑作五篇。（北上次郎）
の-20-3

野口 卓
出来心
ご隠居さん㈣
主人が寝ている隙に侵入した泥坊が、酒の誘惑に勝てず酔いつぶれたという隣家の話に「まるで落語ですね」と梟助さん。勢い話は泥坊づくしとなり――。大好評の第四弾。（縄田一男）
の-20-4

野口 卓
還暦猫
ご隠居さん㈤
突然引っ越したお得意様夫婦の新居を梟助さんが訪ねると、座布団に猫が一匹。まさかあの奥さまの願望が真実に⁉　落語や豆知識が満載の、ほろ苦くも心温まる第五弾。（大矢博子）
の-20-5

野口 卓
思い孕《はら》み
ご隠居さん㈥
十七歳で最愛の夫を亡くしたイネ曰く「死んでも魂はそばにいるの」。そのうちイネのお腹が膨らみ始めて……。謎と笑い溢れる江戸のファンタジー全五篇。好評シリーズ第六弾！
の-20-6

藤井邦夫
秋山久蔵御用控
花飾り
神田川で刺し傷のある男の死体が揚がった。殺された晩、川の傍にたたずむ女が目撃されていた。さらに翌日、男と旧知の御家人も殺された。二人を恨む者の仕業なのか？　シリーズ第二十弾。
ふ-30-25

藤井邦夫
秋山久蔵御用控
無法者
評判の悪い旗本の部屋住みを調べ始めた久蔵と手下たち。強請の現場を目撃するが、標的となった者たちも真っ当ではない。久蔵は事情があるとみて探索を進める。シリーズ第二十一弾！
ふ-30-26

（　）内は解説者。品切の節はご容赦下さい。

藤井邦夫
秋山久蔵御用控
島帰り

女誑しの男を斬って、久蔵が島送りにした浪人が務めを終え江戸に戻ってきた。久蔵は気に掛け行き先を探るが、男は姿を消した。何か企みがあってのことなのか。人気シリーズ第二十二弾。

ふ-30-27

藤井邦夫
秋山久蔵御用控
生き恥

金目当ての辻強盗が出没した。怪しいのは金遣いの荒い遊び人とみて、久蔵は旗本の部屋住みなどの探索を進める。そんな折、和馬は旗本家の男と近しくなる。シリーズ第二十三弾。

ふ-30-28

藤井邦夫
秋山久蔵御用控
守り神

博奕打ちが殺された。この男は、お店の若旦那や旗本を賭場に誘い、博奕漬けにして金を巻き上げていたという。久蔵は手下たちとともに下手人を追う。好評書き下ろし第二十四弾！

ふ-30-29

藤井邦夫
秋山久蔵御用控
始末屋

二人の武士に因縁をつけられた浪人が、衆人環視の中、相手を斬り捨てた。尋常の立合いの末であり問題はないと誰もが庇う中、〝剃刀〟久蔵だけが違和感を持った。シリーズ第二十五弾！

ふ-30-30

藤井邦夫
秋山久蔵御用控
冬の椿

かつて久蔵が斬り棄てた浪人の妻と娘。質素ながら幸せそうに暮らす二人だったが、その様子を窺う怪しい男に気づいた和馬は、久蔵に願って調べを始める。人気シリーズ第二十六弾！

ふ-30-31

藤井邦夫
秋山久蔵御用控
夕涼み

十年前に勘当され出奔した袋物問屋の若旦那が、江戸に戻ってきたらしい。隠居した父親は勘当したことを悔い、弥平次に息子捜しを依頼する。〝剃刀〟久蔵の裁定は？　シリーズ第二十七弾！

ふ-30-32

（　）内は解説者。品切の節はご容赦下さい。

藤井邦夫
秋山久蔵御用控
煤払い
博奕打ちが簀巻きにされ土左衛門になって上がった。博奕打ち同士の抗争らしい。〝剃刀〟久蔵は、わざと双方を泳がせて一網打尽にしようと画策する。人気シリーズ第二十八弾！
ふ-30-33

藤原緋沙子
切り絵図屋清七
ふたり静
絵双紙本屋の「紀の字屋」を主人から譲られた浪人・清七郎は、人助けのために江戸の絵地図を刊行しようと思い立つ。人情味あふれる時代小説書下ろし新シリーズ誕生！　（縄田一男）
ふ-31-1

藤原緋沙子
切り絵図屋清七
紅染の雨
武家を離れ、町人として生きる決意をした清七。与一郎や小平次らと切り絵図制作を始めるが、紀の字屋を託してくれた藤兵衛からおゆりの行動を探るよう頼まれて……新シリーズ第二弾。
ふ-31-2

藤原緋沙子
切り絵図屋清七
飛び梅
父が何者かに襲われ、勘定所に関わる大きな不正に気づく清七。武家に戻り、実家を守るべきなのか。切り絵図屋も軌道に乗ったばかりだが――。シリーズ第三弾。
ふ-31-3

藤原緋沙子
切り絵図屋清七
栗めし
二つの殺しの背後に浮上したある同心の名から、勘定奉行の関わる大きな陰謀が見えてきた――大切な人を守るべく、清七と切り絵図屋の仲間が立ち上がる！　人気シリーズ第四弾。
ふ-31-4

山口恵以子
小町殺し
錦絵「艶姿五人小町」に描かれた美女たちが、左手の小指を切り取られて続けざまに殺された。これは錦絵をめぐる連続猟奇殺人なのか？　女剣士・おれんは下手人を追う。　（香山二三郎）
や-53-2